もっとミステリなふたり
誰が疑問符を付けたか?

太田忠司

幻冬舎文庫

もっとミステリなふたり——誰が疑問符を付けたか？

もっとミステリなふたり＊目次

ヌイグルミはなぜ吊るされる？

1

「くそっ、雪だ」

制帽越しに空を見上げ、警官のひとりがいまいましげに呟《つぶや》いた。

クリスマスも間近に迫った二十二日、名古屋市瑞穂《みずほ》区は雁道《がんみち》町の西に位置する一戸建て住宅の門扉前で、彼は寒さを堪えながら立ちつづけていた。腕時計は午後六時四十五分を指している。

「なんでこんなときに雪なんか降るんだ」

彼よりは年嵩《としかさ》の同僚も、うんざりといった口調で声を洩らした。そして周囲を見回し、苦笑を浮かべる。

「この寒いのに、よくもまあ集まってくるもんだ」

現場となった家のまわりには、すでに数人の野次馬が集まっていた。慌てて駆けつけてきたのか、丹前やコートを羽織ってサンダルを履いている者が多い。ほとんどが年寄りだ。このあたりは瑞穂区の中でも高齢者の比率が高い。皆一様に興味深げな表情で顔を寄せ合い、時折警官たちに眼を走らせながら喋《しゃべ》り合っている。

「わし、聞いたんだわ。倖二郎《こうじろう》さんの悲鳴をよ」

「わしも聞いたわ。でえりゃあおそがい声《怖い》だったがね」

「小日向《こひなた》さんとこ、何があったんかねえ？」

「知らんがね。外に出てみたらもうお巡りさんが来とったし」

「あんた、お巡りさんに訊いてみやあ」

「わしが？　なんで訊かなかんの？」

「おみぁあさん、小日向さんとこと仲よかったがね。よう味噌《みそ》とか借りとったし」

「何言っとりゃあすか。そんなもん二十年も前の話だがね」

老人たちの喧《やかま》しい名古屋弁を聞き流しながら、若手の警官は足踏みをした。

「早く来てくれんかな。こんなところで凍えるのはかなわん」

「じゃあ、中に入って、あれの番をしてるか」

同僚が意地悪げに言った。とたんに警官の顔が強張《こわば》る。寒さのせいではなかった。

「冗談はよしてくださいよ。死体を下ろすだけでいっぱいいっぱいだったんですから。誰があんな薄気味悪いところに……しかし、あれは一体、何なんでしょうね？」

「見たとおりのものだ。人間の死体だよ」

「俺が言ってるのはそっちじゃなくて、死体と一緒に……お、やっと来たか」

パトカーのサイレンが闇の向こうから聞こえてきた。やがて野次馬たちを追い払うようにして数台の車が停まる。

先頭を切ってやってきた車から、明らかに私服刑事とわかる男がふたり出てきた。ひとりはベテランらしい髪の薄い人物で、もうひとりは刑事を拝命して間もなさそうな若者だった。

「間宮《まみや》さんか……」

年嵩の警官が言った。

「年上のほうですか」

「ああ、県警の捜査一課でも古狸《ふるだぬき》の異名を取る古株の警部補だ。もうひとりは知らんが……しかし、間宮さんが出張《でば》ってくるということは……まさか……」

何に思い当たったのか、年嵩の警官が表情を硬くした。

「どうしたんです？」

若手が問いかけるのと同時に、もうひとりの人物が同じ車から降り立った。

その姿を見て、警官ふたりは別々の反応を示した。

「こりゃまた……」

寒さと恐怖で強張っていた頬を緩めたのは、若手の警官だった。

「どうしてパトカーにあんな女が乗ってるんだ？　事件の関係者かな？　すげえ美人だ。ねえ、そう思いませんか？」

　半ば興奮しながら、若手の警官は先輩に声をかけた。しかし年嵩の警官は直立不動の姿勢で、

「馬鹿野郎。死にたくなかったらそのヘラヘラ笑いをやめろ」

　と叱《しか》った。

「へ？」

　先輩が極度に緊張している理由を確かめる間もなく、三人は彼らに向かってきた。若手の警官はこちらにやってくる女性をまじまじと見つめた。歳の頃は三十歳前後、ひょっとしたら二十歳代半ばかもしれない。背は高く、髪は短めにカットしていた。すらりとした体つきだが、出るべきところは見事に出て、引っ込むべきところも引っ込んでいる。ダークグレイのコート越しにもその魅惑的な体のラインをはっきりと見て取れた。顔立ちはきりりと締まっていて、キャリアウーマンを演じる人気女優といった雰囲気だった。

「ご苦労さまです。遺体はまだ中に？」

　若い刑事が尋ねた。へりくだっている様が女性の従者のようだった。

「はっ、首を吊っていたネクタイを切断して床に横たえましたが、すでに絶命していることは明らかでしたので、それ以上何も手を付けておりません」

年嵩の警官は敬礼姿勢のまま答える。

「被害者の身許とか、わかってますか」

再び若い刑事が訊く。新聞記者のような質問の仕方だった。次の瞬間、

「生田《いくた》」

背後に立っていた女性が口を開いた。凛《りん》とした声だった。生田と呼ばれた刑事が、背筋《せすじ》を震わせて振り返った。

「中に入ってから訊け。現場確認が先だ」

「あ……はい」

生田刑事は見るも哀れなほどにうろたえている。

「悪いがよ、現場まで案内してくれんかな」

間宮警部補が若手の警官に言った。こちらはいたって穏やかな口調だ。

「はい、こちらです」

警官は勇んで先頭に立つ。将来は捜査一課でばりばりと仕事をしたいという希望を持っている。こういうところで点数稼ぎをしなければ、と内心張り切っていた。

現場の住宅は十五年ほど前に建てられた木造二階建てで、玄関の上がり框《かまち》からフローリングの廊下が真っ直ぐに延びている。

「被害者の名前は小日向佑子《ゆうこ》。六十一歳でこのあたりの土地の地主だそうです。アパートとかもたくさん持ってます。夫の倖二郎とふたり暮らしでした」

警官は前もって手に入れておいた情報をひけらかした。

「発見者はその倖二郎で、今日の午後六時三十分頃、近くのパチンコ屋から帰ってきたところで被害者を——」

得意げに喋っていたのだが、不意に口を閉じた。異様な雰囲気を感じたのだ。見ると間宮も生田も、しきりに首を振って彼の口を閉じさせようとしている。まるで結婚披露宴で忌《い》み詞《ことば》でも口にしてしまったかのような扱いだ。

どうしたんですか、と問いかけようとしたとき突然、警官の全身に悪寒《おかん》が走った。何か尋常ではない力が、彼の心臓を鷲掴《わしづか》みにしている。

その力がどこから発せられたものか、彼にもすぐにわかった。あの女性の視線だ。

「君の名前は？」

先程生田を黙らせたとき以上に冷たく無慈悲な声が、警官に向けられた。

「は、あの、内田《うちだ》巡査であります」

「君は警官か、それともモデルハウスのセールスマンか」

「え？　あ、あの……」

「訊かれもしないことをべらべら喋っている暇があったら、さっさと案内しろ」

決して語調の強い言葉ではなかった。しかしその瞬間、狭心症にも似た痛みが彼の胸を襲った。彼女の言葉は、氷のように冷たかった。

「京堂《きょうどう》さん、こっちです」

生田刑事が警官を助けるように廊下の途中にあるドアを指差した。女性の視線が外れ、警官は内心胸を撫《な》でおろした。

同時に、自分が誰を相手にしていたのか、やっと理解した。愛知県警に奉職している人間で、京堂という名前を知らない者はいない。

「京堂景子《けいこ》警部補……捜査一課の鉄女……」

口にしてしまってから、警官は慌てて手で口を塞《ふさ》いだ。幸いにも彼の呟きは彼女の耳には届かなかったようだった。その前に生田刑事が素っ頓狂な声をあげたからだ。

「な、なんだ、こりゃあ……!?」

2

その日の深夜、正確には翌二十三日の午前二時近く、京堂新太郎《しんたろう》はインターフォンの音を耳にして仕事の手を止めた。

玄関のドアを開けると、案の定疲れた表情の妻が倒れ込むようにして飛び込んでくる。

「新太郎くん、あたしもう駄目。死んじゃうかも。ううん、絶対に死ぬ。今死ぬ。すぐ死ぬ！」

「わかったわかった。お腹が空《す》いてるんでしょ。とにかく中に入ってよ。あ、ほら、靴は脱いで。いや、ストッキングは脱がなくていいからさ」

疲労と空腹で足取りが覚束《おぼつか》ない妻を抱き抱えるようにしながら、新太郎はダイニングキッチンに向かった。

椅子に妻を座らせると、新太郎はコンロに火をつけ中華スープを温めはじめた。

「景子さん、しっかり食べたい？　それとも軽くでいい？」

「しっかり食べる！　もりもり食べる！」

景子は諸手を挙げて意思表示した。

「ＯＫ」

温まったスープを大きなカップに入れて、景子の前に差し出した。

「とりあえずこれで温まっててよ。メインはすぐに作るから」

「サンキュ！　ああ、この香りが胃袋を刺激するわあ」

景子はスープを一口啜《すす》り、ほっと息を吐く。

「美味《おい》しい……！　インスタントじゃないわね」

「粉末ガラスープを使ってるけど、味付けはオリジナルだよ。さて、と」

中華鍋を加熱している間に冷蔵庫から出したザーサイとチャーシューを細かく刻み、溶き卵に火を通した後で鍋に放り込むと軽く炒めてから冷めた御飯を加えた。鍋をあおりながら御飯がぱらぱらになるまで炒め、軽く塩胡椒をして皿に盛る。その間、十分ほどだった。

「いつもながら素早い手際。惚れ惚れするわね」

景子が微笑《ほほえ》んだ。温かいスープのおかげで機嫌もよくなったようだ。

「最近、昼御飯にチャーハンを作ることが多いんだ」

山盛りにしたチャーハンを妻の前に置く。景子は散蓮華《ちりれんげ》を手にすると無我夢中で食べはじめた。

「ん～！　美味しいっ！」

瞬く間に器は空《から》になる。

「は～～っ、やっと人間に戻れたような気がするわ。新太郎くん、ごちそうさま」

景子は夫に満面の笑みを返した。彼女の同僚がその笑顔を眼にしたら、即座に自分自身の正気を疑ったことだろう。愛知県警捜査一課の鉄女、あるいは氷の女、あるいはカミソリ女という異名を持つ京堂景子をこんな風に微笑ませるのは、世界広しといえど夫の新太郎ただひとりなのだ。

「景子さんも夜遅くまで大変だね」

皿を片づけ、焙《ほう》じ茶をふたりの湯飲みに注ぎながら、新太郎は言った。

「無理しないでといってても無理だろうけどさ、あんまり無理しないでよ……あれ？　何か言ってることが変かな？」

「いいの。新太郎くんの気持ちはよくわかるから。そういう新太郎くんこそ、仕事してたんじゃないの？　大丈夫？」

「うん、締め切りにはまだ間があるからね。景子さんを待ちながらぼちぼちと描いてたんだ」

新太郎の職業はイラストレーター、二十一歳と若くはあったが、最近少しずつ人気が出てきて雑誌などでの仕事も目立つようになってきた。その気になればばりばりと仕事を増やして、売れっ子の仲間入りをすることも可能なポジションに立っているところだった。

しかし彼は、あえて一定量以上の仕事は引き受けないようにしていた。そうしないと彼の一番の趣味である家事——掃除洗濯、そして何より好きな料理——に割く時間が減ってしまうからだ。

「いいわねえ、新太郎くんの仕事は決まった締め切りがあって。あたしのなんて、いきなりやってきて、すぐに解決しろってのばっかりだもん。この前やっと強盗事件の犯人を捕まえたばっかりだっていうのにさ、またすぐに次の事件よ。しかも、こんなにややこしいのなんて……」

「そんなに厄介《やっかい》な事件なの？」

焙じ茶を啜りながら新太郎が訊く。妻が事件のことを話したがっているのも、そして自分を巻き込もうとしていることも承知の上で、訊《き》いているのだった。

「……ええ、とっても厄介。というか、何がなんだかよくわからないの。あんなへんてこな現場、見たことがないわ」

「そんなに残酷な事件？」

「残酷っていうのとも、ちょっと違うの。なんて言ったらいいのかなあ……子供じみてるっていうか、人を馬鹿にしてるっていうか……ねえ、ちょっと話を聞いてくれない？」

甘えるような口調で景子は夫に言った。同僚刑事たちは、京堂景子がこんな声を発するとは想像すらしていないだろう。

「また僕に探偵ごっこさせようってつもり？」

新太郎は茶化すように応じた。

「ごっこじゃないわよ。新太郎くんって本当に探偵の素質があるじゃない。いえ、探偵じゃなくて、名探偵よね」

「そんなことないって」

新太郎は苦笑する。しかし景子の言葉はあながち大袈裟《おおげさ》でもなかった。彼は時折妻から事件のことを聞かされ、その場で真相を探り当てることがあったのだ。

「ねえ、また名探偵京堂新太郎くんの知恵を貸してちょうだい。お礼にあたしの体を捧げてもいいから」

「体を捧げるって、ねえ……」

「何よ、あたしの体じゃ不満？」

「い、いや、そういうわけじゃ……でもどっちかっていうと、捧げてしまうのは僕のほうじゃないかと……」

「細かいことは気にしない気にしない。だったらさ、事件が解決した後、じっくりとお互いの体を捧げ合いっこするってのはどう？」

「それは……」

「駄目？」

景子は上目遣いで夫を見た。新太郎がこのポーズに弱いことを見越しての戦術だ。

「う……と、とにかくさ、事件のことを話してみてよ。思いついたことがあったら言ってみるから」

「わあ、ありがと！　新太郎くん、大好き！」

景子はテーブル越しに新太郎に抱きついた。

「わわわわっ！　お茶がこぼれるってば！　ちょっと景子さん、待ってよ待って！」

「あは、ごめん」

景子は舌を出した。

「じゃあ早速、事件のあらましを話すわね。被害者は小日向佑子。発見者は夫の小日向倖二郎で、パチンコ屋から帰ってきて浴室で奥さんの遺体を発見したってわけ」

「浴室？　溺《おぼ》れさせられてたの？」

「そうじゃなくて、発見されたときは、首を吊ってたの」

「首吊りって、それじゃあ自殺でしょ。景子さんがわざわざ出向くような……そうか、自殺に見せかけた殺しだったんだね？」

「うーん、そうなんだろうけど……ねえ……」

景子は言葉を濁した。

「あ、話の腰を折って悪かった。最後まで聞くからわかってることを話してよ」

新太郎に促され、景子は話しはじめた。

「とにかくね、現場を見たとたん、生田が大声をあげちゃったのよ」

3

開いたドアの向こうは脱衣場、その奥は浴室だった。今は浴室のドアも開き、奥まで見通せるようになっていた。

遺体は脱衣場に横たえられていた。身長が百五十センチあるかないかくらいの、小柄な女性だった。髪は半分以上白くなっている。身につけているのは小豆色《あずきいろ》のスウェットスーツにチェックのベストだ。

「な、なんだ、こりゃあ……⁉」

生田が悲鳴めいた声をあげたのは、しかし遺体のせいではなかった。

景子ももちろん、それを見た。生田が叫んでいなければ、同じことを口にしたかもしれなかった。

しかし、彼女の口から出たのは別の言葉だった。

「内田巡査、ここに到着してからのことを報告しろ」

「はっ」

巡査は無意識のうちに直立不動の姿勢を取り、報告を始めた。

「出動要請を受けましてこの家に到着したのが……ええと、午後六時三十五分でした。玄関のドアは開いており、廊下で小日向倖二郎が腰を抜かして座り込んでいました。話を聞くと女房が風呂場で死んでいるというので、急いで中を確認しました。そしたら……」

内田巡査は遺体のほうではなく、風呂場に眼をやった。大理石貼りの広い浴室だった。内部はきれいに乾いており、かすかに暖かい空気が満ちている。

「その女性、小日向佑子が浴室に吊るされていたのであります。その……あれと一緒に」

あれ……景子はあらためて「あれ」を見た。

浴室の天井付近にスチール製のポールが三本、天井面と平行に取り付けられていた。そのポールに無数のヌイグルミが縛り付けられているのだ。

いや、「縛り付ける」という表現は正しくないかもしれない。

色も模様も様々な幅広の紐が首に巻き付けられ、一方の端はポールに結ばれている。つまり、すべてのヌイグルミは首吊りの状態にされていたのだった。

「なんでこんなことをしたんだ？」

景子と一緒に浴室に入った間宮が、呆《あき》れたような口調で言った。たとえヌイグルミでも、これだけの数のものが吊るされているのだ。一種異様な光景だった。

景子は間宮の疑問には答えず――答えることもできなかったが――吊り下げられているヌイグルミたちを確認した。どれも動物のヌイグルミだ。犬、猫、熊、兎、キリン、豚。全部で十二体ある。大きさも素材も様々だった。

首吊りに使われているのはネクタイだ。しかしノットを作る正式な締めかたではない。シンプルな片結びで首を締めあげている。

「このヌイグルミは、家にあったものか」

「はい、倖二郎の証言では被害者の佑子が集めていたものだそうです」

「ネクタイは？」

「倖二郎のものです」

「全部、確認したのか」

「……は？」

「ヌイグルミもネクタイも、間違いなくこの家にあったものであることを確認したのか」

「それは……」

内田巡査は言葉を濁した。

「推測と事実を一緒にするな！」

またもや京堂景子の鋭い声が飛ぶ。巡査の喉仏《のどぼとけ》が高速エレベーターのように上下した。

「発見者の小日向倖二郎はどこにいる？」

「……は、あの、その……」

「いないのか。いるのか。言いたくないのか」

「はい、あ、いいえ、倖二郎はリビングにおります」

「生田、発見者の様子を見てこい。こちらに来られるようなら、遺体とヌイグルミとネクタイを確認してもらう」

「わかりました」

生田はすぐに出ていった。

「内田巡査、君は先程の任務に戻れ」

無用の者は去れ、ということなのだろうが、内田巡査は憤るどころか安堵《あんど》の表情を浮かべて浴室から出ていった。

監察医や鑑識課員は、すでに遺体の検視や周辺の鑑識を行っている。

「死因の特定は可能ですか」

景子が遺体の首回りを調べている監察医に尋ねた。馬のように間延びした顔をした監察医は、ゆっくりと顔を上げると彼女に告げた。

「百パーセントは無理だが、だいたいわかるよ。殺しだ」

「根拠は？」

「後頭部に打撲痕がある。頭蓋骨が一部陥没するくらいの強さだ。これが死因だろう」

「では首を吊られたのは？」

「殺された後だ。遺体には引きずられた跡があるしな」

「殴り殺しといてから、ここまで引きずってきてわざわざネクタイで首吊りに？　なんともめんどくさいことをしたもんだわな」

間宮が半ば感心したように言った。

「一体どうして、そんなことをせなかんかったんだ？」

景子は答えなかった。かわりに監察医に尋ねた。

「おおよその死亡推定時刻はわかりますか」

「今日の午後一時から四時の間というところだろう。詳しくは解剖の結果を見ないとわからないが。ほぼ間違いない」

そのとき、生田が中年の男を連れて戻ってきた。

「発見者で被害者のご主人の、小日向倖二郎さんです」

小柄で額の広い男だった。目鼻だちははっきりしており、男前と言えないこともない。ただ生活に疲れているのか酒色に溺れたのか、疲弊して崩れてしまったような感じがある。頬に貼られた大きな絆創膏《ばんそうこう》が、そんな印象を強めているようだった。

倖二郎は床に転がったままの佑子の遺体を一瞬眼にし、すぐに視線を逸らした。

「恐れ入ります。ご心痛はお察ししますが、事件解決のためご協力ください」

景子が言うと、倖二郎はかすかに頷いた。

「まずご遺体ですが、奥様に間違いありませんか」

「……ああ」

「発見されたときのことを、もう一度お話しいただけますか」

「パチンコやって、帰ってきたら、これが風呂場で首を……助けを呼んでいたら、そのうちにお巡りが来てくれた」

掠《かす》れた声で、ぶっきらぼうに話す。ショックから立ち直っていないせいなのか、それともこういう話しかたしかできないのか、今の状況ではわからない。

「パチンコ屋には、何時から何時までいたんですか」

「今日は朝の十時頃から家を出て、それからずっと六時過ぎるまでやってた」

「ずっと同じ店でですか」

「ああ、途中でうどん屋に行ったが、それ以外はずっといた」

「パチンコ屋の名前は？」

倖二郎が店の名前を告げると、景子が生田に目配せをした。生田はすぐにすっ飛んでいく。

ぐずぐずしていたら景子の冷たい視線に心臓を貫かれかねない。

「浴室のヌイグルミは、あなたが発見したときからこんな風に吊るされていたんですか」

「……ああ、女房と一緒に、ぶらぶらと……」

倖二郎は言葉を途切れさせた。苦痛の表情が浮かぶ。

「どうして自殺なんか……あいつは、そんなやつじゃないのに！」

ぶっきらぼうだった倖二郎の口調が、そのときだけ感情的になった。

「奥さんの死は、自殺ではありません」

景子が言うと、倖二郎は驚きに眼を見開いた。

「どういうことだ、それは？」

「殺害された可能性があります。我々はその線で捜査をするつもりです」

「殺された……そんな……」

倖二郎は力なく首を振った。

「お察しします」

景子の物言いは、あくまで冷静だった。

「あのヌイグルミはお宅のものですか」

「あ？……ああ、あれは、たぶん、うちのだ。女房が買ってきたのとか、俺がクレーンゲームで取ってきたのとか」

「奥さんはヌイグルミを集めるのが趣味だったのですか」

「ああ、いい歳して可愛いものが好きだとか言いやがって、よく買い込んでいた。俺もご機嫌取りのためにクレーンゲームで取ってきたりしたんだ。あいつの部屋は、ほとんどヌイグルミで埋まってる」

「奥さんのお部屋は後で調べさせていただきます。ところでネクタイのほうですが、あれはご主人のものですか」

「多分、そうだと思う」

「確かめていただけませんか。ヌイグルミも全部お宅のものかどうか確認したいんですが」

「ヌイグルミのほうはわからない。俺は興味がなかったから……」

「ではネクタイだけでも結構です」

景子の視線に促されて倖二郎は浴室に入り、吊るされたヌイグルミとネクタイを調べた。

「……全部、俺のだ。間違いない」

倖二郎は答えた。

「女房の首についてたのも、俺のだ。だけど、俺が殺したんじゃないぞ」

4

その部屋に一歩足を踏み入れると、景子たち捜査陣は無数のヌイグルミに取り囲まれた。

「どえりゃあこったな」

間宮が呆れたように言った。

「まるでヌイグルミ御殿だわ」

八畳ほどの洋室だった。そのいたるところにヌイグルミが置かれている。大きなものに小さなもの、色も様々だ。ただどれも動物という点で共通していた。倖二郎がクレーンゲームで取ってきたというヌイグルミも、動物系のものばかりだという。

「哺乳類なら、何でもいいんだ。本当は本物の犬や猫を飼いたがっていたが、動物の毛のアレルギーだったから飼えなかった。だからヌイグルミに執着したんだ」

倖二郎は言った。

「いつもこんなに乱雑にしているんですか」

景子が訊いた。床がほとんど見えないくらいにヌイグルミたちが散乱していた。

「いや、あいつはヌイグルミの整理整頓だけは偏執的なくらいに煩《うるさ》かった。全部のヌイグルミの置き場所をきっちりと決めていたんだ」

「置き場所を？」

「女房は『席順』と言っていた。どういう順番だかわからないが、はっきりとした席順があるんだそうだ。前に取材に来た記者にもそんなことを言って呆れられていた」

「記者？　新聞か週刊誌ですか」

「いや、フリー……フリーペーパーとか言っていた。新聞にチラシと一緒に挟み込まれてくる薄っぺらい新聞みたいなのだ。そこでヌイグルミ特集をするという話で女房が取材を受けたんだ。一週間前のことだった」

「奥さんのヌイグルミ好きは、そんなに有名だったんですか」

「いや、そのペーパーの編集者がたまたま知り合いだったってだけのことらしい。ほら、その壁に掛かっているのが、そのときの記事だ。昨日の朝刊に入っていた」

指差した先に額縁に納められた新聞記事のようなものが掛かっている。景子はヌイグルミを踏まないように注意しながら顔を近付け覗き込んだ。

「ヌイグルミに囲まれて」という凡庸な見出しの下に佑子の写真が掲載されていた。撮影したのはこの部屋のようだ。整然と並んだヌイグルミたちに囲まれ、楽しげに微笑んでいる。

「これ、お借りしてよろしいですか」

倖二郎に確認を取り、額縁を外すと近くにいた鑑識課員に渡した。

「ところで、奥さんに恨《うら》みを持っている人物に心当たりはありませんか。状況から見て物取りではなく怨恨《えんこん》による犯行の可能性が高そうなんですが」

景子の問いかけに、倖二郎は少し黙ってから答えた。

「思いつくのは、ふたりだ。ひとりは緒方新治《おがたしんじ》」

「誰ですか」

「前に女房が持っていたアパートの住人だ。老朽化が激しかったので建て直したんだが、緒方だけは最後まで居すわろうとした。年老いた母親とふたり、他に行く場所がないとな。しかし女房は無理やり彼らを立ち退かせ、アパートを取り壊した。追い出されてから三日後に、緒方の母親は自殺した」

「自殺……」

「首を吊ったんだ」

倖二郎の眼が暗く光った。

「首吊りかあ……」

間宮が唸《うな》った。

「そいつが犯人なら被害者を殺してから首を吊った理由もわかるな。意趣返しのためだ」

「早計です」

先輩といえども景子の言葉に容赦はなかった。

「わ、わかっとるて。ただ、思いついただけだがね」

間宮は慌てて弁明した。

「俺も、緒方が殺《や》ったような気がする」

倖二郎が言った。

「母親の敵を討つつもりで、あんなことをやったのかもしれん」

「あるいは、我々にそう思わせるために、わざと首を吊った、とも考えられますが」

景子は素っ気なく言った。

「警察が緒方という人物に眼を向ければ、自分の身は守られるわけですから」

「俺が犯人だというのか。そんな――」

倖二郎が言い返そうとした。そのとき、内田巡査が恐るおそる顔を見せた。

「あの……被害者の親族というひとが来ていますが。甥《おい》の、木曾《きそ》光朗《みつろう》という……」

「光朗が？」

倖二郎が反応した。

「女房を殺す動機を持っている、もうひとりの人間だ」

やがて現れた木曾光朗は、三十歳代半ばくらいの痩《や》せた男だった。度の強そうな眼鏡に、きっちりと七三に分けた髪、オフホワイトのステンカラーコートの下に着ているのは、グレイのスーツ。ごく普通のサラリーマン風だった。

「叔父さん、一体どうしたんですか。何があったんですか」

当惑の表情を浮かべ、光朗が訊いた。

「何を白々しいことを。おまえがやったんじゃないのか!」

いきなり倖二郎が甥に食ってかかった。

「おまえ、女房に借金してたよな。それが返せなくて殺したんだろう!」

「な、何の話ですか。女房って、叔母さんのこと? 殺されたって、どういうことなんですか」

光朗はすっかりうろたえている。慌ててハンカチで鼻の下を押さえ、後退《あとずさ》った。

「とぼけるな。おまえが殺したんだ!」

飛びかかろうとする倖二郎を間宮が抑えた。

「まあまあ小日向さん、そっちのほうは警察に任せてくれんかね」

穏やかな言葉遣いだが、倖二郎の腕はがっしりとつかんでいる。

「木曾光朗さん」

景子が問いかけた。

「愛知県警捜査一課の京堂と言います。ちょっとお話を伺いたいのですが、よろしいですね？」

有無を言わせない口調だった。

「はあ……」

光朗はハンカチで顔を覆ったまま頷《うなず》いた。

5

「倖二郎が言ったとおり、木曾光朗はマンションを買う頭金の一部を佑子に借金をしてたわ。月々一定額を返済することになってたらしいんだけど、不況だとか給料が減らされたとかで最近は滞りがちになっていて、佑子にどやされていたんだって」

焙じ茶を啜りながら、景子は事件のあらましを話していた。

「でも本人は絶対に殺してなんかいないって言い切ってる。まあ、犯人だったとしても当然そう言うでしょうけど」

「それで、光朗さんのアリバイは？」

新太郎が訊いた。

「朝九時から午後六時頃まで得意先廻りで名古屋中を走り回ってたんだって。佑子の死亡推定時刻である午後一時から四時の間は、金山《かなやま》から高辻《たかつじ》あたりの得意先に出向いてたって」

「金山から高辻……雁道とは目と鼻の先じゃないの？」

「そのとおり。ちょいと寄り道して佑子を殺すことは可能ね。つまりアリバイはなし。ついでに言うと夫の倅二郎のアリバイも確認したわ。たしかにパチンコ屋に行ってたみたい。午後三時半頃から四時半の間、向かいのうどん屋でビールを飲んでいたことも確認できたわ。でもそれ以外の時間は本人が言うとおりパチンコ屋にいたかどうかはわからない。店員もずっと見張ってたわけじゃないしね。家との距離は徒歩五分ってところだから、途中で抜け出して佑子を殺すことだって可能だわ」

「どっちも犯行は可能ってわけか。もうひとりの緒方新治ってひとは？」

「今のところ行方不明。佑子からアパートを追い出されて以来、住所不定になってるの。目下鋭意捜査中ってところ」

「なるほどね。それで警察としては今、誰を一番怪しいと思ってるわけ？」

「捜査陣全体の考えというより、あたしの勘だけど……夫の倅二郎かな。近所で聞き込みした結果からすると、夫婦仲はよくなかったようよ。毎日喧嘩する声が聞こえてたんだって。彼らのところは自分たち所有のアパートや駐車場なんかの家賃収入で生活していけるらしいんだけど、そのせいで倖二郎は毎日遊んでばかりらしいわ。佑子にはそれが我慢できなかったみたい。近所のひとにも亭主の不甲斐《ふがい》なさを愚痴ってたんだって」

「なるほどね。でも動機って点からすると木曾光朗も緒方新治も同じようなもんじゃないかな。特に景子さんが倖二郎さんを疑う理由は？」

「光朗を犯人と決めつけて食ってかかったときの態度が、妙に切迫してるような感じだったの。無理にでも彼を犯人に仕立てたがってるみたいな」

「自分が疑われたくないから、早く犯人を見つけようと焦《あせ》っていたのかもしれないよ。あるいは奥さんを殺されて感情が先走ってたとか」

「そうかもしれないわね。まあこれは、あたしの印象でしかないから。それよりも新太郎くんに考えてほしいのは、ヌイグルミの謎よ。どうして吊るされたのか」

「ヌイグルミはなぜ吊るされる、か……」

　新太郎は頬杖をついて天井を見上げた。

「雰囲気からすると、見せしめっぽいよね。佑子さんを集めてたヌイグルミと一緒に首吊りにすることで、彼女を辱《はずかし》めたつもりになっているのか、それとも……いや、もっと単純に考えるべきなのかな。場所の問題とか」

「場所って？」

「首吊りに風呂場が選ばれてるってことさ。浴室のポールってことは……でもまさかなあ……」

新太郎は自問自答を続けている。

「ねえ、どういうことなのよお？」

景子はじれったくなって新太郎の肩を揺すった。

「あたしにもわかるように話してよ」

「いや、それはさ――」

新太郎が言いかけたとき、電話が鳴った。

「んもう」

文句を言いながら景子は受話器を取った。

「もしもし……ああ、生田か」

とたんに景子の口調が変わる。

「どうした？……何？　それで、今どこに？……わかった。すぐに行く」

受話器を置いたとき、景子の顔つきは捜査一課の鉄女のままだった。

「景子さん、ちょっと怖い顔してる」

「あ、ごめん。悪いけど出かけてくるわ」

「何か進展でも？」

「そうだといいけど。緒方新治が見つかったのよ」

「そいつはよかったね。あ、そうだ。警察に行くのならひとつだけ、確認しておいてよ」

「何を？」

「えっとね、ちょっと待っててよ」

　新太郎はダイニングの片隅に置いてある古新聞ストッカーを探り、タブロイド判の新聞を取り出した。

「これ、佑子さんが載ってるフリーペーパーでしょ。ほら、このページ」

　新太郎が開いた面には、小日向家の壁に掛けてあったのと同じ記事があった。

「そうそう、これよ」

「ここに写ってるヌイグルミと佑子さんと一緒に吊るされていたヌイグルミで同じものがあるかどうか、調べてくれないかな？」

「いいけど、それで何かわかるの？」

「わかると思うよ。多分ね」

意味ありげに新太郎は言った。

6

緒方新治のアリバイは、あまりにもあっさりと成立した。佑子の死亡推定時刻である午後一時から四時の間、彼は警察署で取り調べを受けていたのだ。中区栄《さかえ》にある大型書店で大量の本を万引きしようとして見つかり、警察に突き出されたのだった。

「持っていたペーパーバッグに手当たり次第本を詰め込んで逃げようとしたらしいですよ。そりゃ捕まりますよね。で、所轄のほうで取り調べをしてるうちにこっちからの照会の件が係官の耳に届いて連絡がきたと、こういうわけです」

捜査本部が設置された瑞穂署の一室で、生田が報告した。

「なんにせよ、小日向佑子殺害に関してはシロだわな」

間宮の言葉に景子は頷くこともせず、ただ一心に写真を見つめていた。

「何を見とるんだね？」

「……これも、そうか」

景子は間宮の問いかけなど耳に入らなかったかのように、独り言を呟く。

「これも、これも……全部一カ所に……しかし、どういうことだ？」

「あ、あの、京堂さん？」

生田もおずおずと訊ねた。答えるかわりに景子は顔を上げ、生田の顔をまじまじと見つめた。

「ひっ……」

その眼光に圧《お》され、生田は思わず蹌踉《よろ》けそうになる。

「な、な、なんかしましたか、僕？」

「これを見ろ」

景子は手にしていた写真の束を差し出した。

「佑子と一緒に吊るされていたヌイグルミを一体ずつ撮ったものですよね。それが……？」

「こっちの記事に載っている写真と比べてみろ」

景子が指差したのは、佑子の写真が載っているフリーペーパーだった。

「風呂場で吊るされていたヌイグルミはみんな、同じ場所に固まって置かれていたんだ」

「え？　そうなんですか」

生田は写真と記事を見比べた。

「ああ、ほんとだ。この一角に置かれているものばかりですね」

生前の佑子がにこやかに微笑んでいる左後方にあるヌイグルミたちを、生田は指差した。

「どういうこったね、それは？」

間宮が訊いた。

「それは……」

言いかけた景子は、ふと黙り込む。間宮も生田も息を詰めて彼女の返答を待った。

不意に景子は立ち上がった。

「外の空気を吸ってくる」

それだけ言うと、さっさと部屋を出ていってしまった。取り残された間宮と生田は、呆然《ぼうぜん》と顔を見合わせる。

「景ちゃんの傍若無人ぶりには慣れとるつもりだけどよ、やっぱりついていけんなあ」

「ほんとに……」

同僚たちを当惑させた景子は、瑞穂署を出ると誰も通らなそうな路地に入り込んで携帯電話を取り出した。

「……もしもし新太郎くん？　景子よ。今、電話してても大丈夫？」

——いいよ。どうかした？

「新太郎くんが言ってたヌイグルミの件よ。佑子と一緒に吊るされていたヌイグルミは全部、例の記事に写ってたわ。しかも一カ所にまとまってね」

——ああ、やっぱり。

電話の向こうで新太郎が、満足げに言った。

「やっぱりって、わかってたの？」

——ひょっとしたらって思ってただけだよ。でも案外この犯人は単純だね。僕だったら他のところに置いてあるヌイグルミも混ぜて吊るしておいたんだけどな。そこまで気が回らなかったのかな？

「何よ？　どういうことよ？　新太郎くん、ヌイグルミが吊るされてた意味がわかってるの？」

——おおよそだけどね。吊るされていたのが浴室のポールだって聞いたときから、そうじゃないかって思ってた。僕も欲しかったもん。

「欲しかったって、何が？」

——ポールだよ。あれがあると雨のとき、便利なんだよねえ。

「……ちょっと新太郎くん、言ってる意味がわかんないんだけど」

——あ、ごめん。あのポールはさ、物干し竿なんだよ。

「物干し竿？　どうして風呂場の中にそんなものがあるのよ？　湿気《しけ》っちゃって乾かないじゃない」

――そんなことはないよ。浴室暖房乾燥機ってものがあるからね。むしろそっちのほうがメインの設備で、ポールは付属品だね。雨で洗濯物が乾かせないときには浴室に吊るして乾燥機を動かすんだ。二時間で乾いちゃうらしいよ。梅雨のときなんか便利だよね。それに暖房機も兼ねてるから冬に体を洗うときに寒い思いをしなくてもいいし。前々からあると便利だなあって思ってたんだよ。うちの浴室にも取り付けられるらしいしさ。

　家事にまつわる道具に関しては詳しい新太郎だった。逆に景子のほうは家事一切を新太郎に任せきりにしているので、そんな設備があることさえ知らずにいた。彼女だけでなく、他の捜査員もきっと、そうだったのだろう。

「あの浴室に乾燥機が設置されてるかどうかは、今から調べてもらうわ。でも、それが事件と関係あるの？」

――あるある、おおありだよ。先入観なしに普通に考えてみてよ。洗濯物を干すポールに吊るされていたら、それは何のためかな？

「それはもちろん……って、まさか、干してたの？」

――そのとおり。

「でも、どうして佑子の遺体を干さなきゃならなかったのよ？」

――あ、それは見方が反対だよ。干す必要があったのは佑子さんじゃない。ヌイグルミのほうさ。正確に言うと、ヌイグルミを洗濯しなきゃならなかったんだよ。

「洗濯……」

――ヌイグルミの部屋が荒れてるところから見て、犯行現場はあの部屋だと考えて間違いないと思う。あそこで佑子さんは頭を殴られた。でもそのとき、犯人にとっても都合の悪いことが起きた。大急ぎでヌイグルミを洗わなきゃならないようなことが。

「洗わなきゃならないって……あ、もしかして、血とか」

――僕もそう思う。犯人は出血したんだ。その血はある一カ所に飛び散った。そこには何体かのヌイグルミが置かれていた。数が多いし嵩張るから、ヌイグルミを持ち出すことはできない。だから……。

「だから犯人はヌイグルミに付着した自分の血液を洗い流すために、洗濯機で洗った。そして浴室の乾燥機で……そういえばあの浴室に入ったとき、中の空気がまだ暖かだったわ。やっぱり犯人が乾燥機を使ったのね。でも、どうして佑子の遺体まで浴室に運んで吊るしたの？」

――目的を誤魔化すためだよ。遺体を一緒に吊るしておけば、警察は遺体を首吊りさせるのが犯人の目的で、ヌイグルミのほうは添え物だと思ってくれる。そう考えたんじゃないかな。

「なるほど。たしかに今までは、そう考えていたものね」

――吊るされていたヌイグルミを詳しく調べてみてよ。ひょっとしたら証拠となる血痕がまだ残ってるかもしれないよ。

「見つかったら決定的な証拠になるわね」

――ああ、でも血痕が見つからなくても犯人は特定できそうだけどね。

「ほんと？　誰が一体……あ、わかった！」

　景子は思わず声をあげた。

「倖二郎だわ。あの男、頬に絆創膏を貼ってた。あれがきっと佑子と争ったときにつけられた傷なのよ」

――いや、景子さんには悪いけど、僕は彼じゃないと思う。

「どうして？」

――この寒さの中で景子さんが浴室に入ったときにまだ暖かだったたってことは、乾燥機が切れて三十分以内だったと思う。景子さんの現場到着時刻は？

「午後六時四十五分」

　景子は即答した。

——なら乾燥機のスイッチが入れられたのは午後四時十五分前後ってところだろうね。その時刻、倖二郎さんはうどん屋にいたんだよね。パチンコ屋にいるときのアリバイは曖昧《あいまい》でも、うどん屋のほうは間違いないでしょ。だとすると、倖二郎さんじゃない。

「ってことは、光朗が？」

——僕はそう思うよ。営業の途中だった彼は自分の血が付着したヌイグルミを家から持ち出すことができなかった。だからその場で洗っちゃったんだ。

「そうかあ……でも、彼どこにも怪我をしてるような様子はなかったけど。隠してるのかな？」

——目立った外傷はないかもしれないよ。でもハンカチをよく確かめれば彼の血が見つかるんじゃないかな。

「ハンカチ？」

——現場で倖二郎さんに問い詰められたとき、光朗さんはうろたえてハンカチで鼻の下を押さえてたって言ってたよね。そのハンカチを調べてほしいな。もう洗っちゃってるかもしれないけど、そのときは彼の鼻の中を医者に診てもらえばいい。

「それってつまり……」

——きっと光朗さんは逆上《のぼ》せやすい体質なんだろうね。

新太郎は言った。

——佑子さんを殺したときも、逆上せちゃったんだよ。だからヌイグルミにぶちまけちゃったんだ。自分の鼻血をさ。

捌《さば》くのは誰か？

1

妻を仕事に送り出した後、京堂新太郎はすぐ〝仕事〟に取りかかった。

まずは朝食の後片付けから。手早く済ませて次は洗濯を始める。妻の下着類や自分で大切にしているシャツなどはそれぞれ洗濯ネットに入れ、風呂の残り湯を使って洗濯機にかける。色柄物でも家で手洗いできそうなものは専用洗剤を使って自分で洗うようにしている。クリーニング代の節約という理由もあるが、手洗いをするのが楽しいのだ。

洗濯機を回している間に寝室に向かう。カーテンを開けると夏の陽差しが差し込んできた。これなら午前と午後の二回洗濯ができそうだと判断し、ベッドのシーツと枕カバーを取り替えることにした。

ベッドまわりから掃除機をかけはじめ、そのままリビングに移動する。テレビでは天気予報を映し出している。今日も快晴。暑くなりそうだった。

リビングからダイニングキッチン、玄関と続き、最後に自分の仕事部屋まで掃除機をかけた頃に洗濯が終わる。洗い終わったものを洗濯ハンガーに吊るし、それを持ってベランダに出た。すでに陽差しの強さはかなりのもので、サンダルが焼けるように熱くなっていた。ハンガーを物干し竿に掛けてから、陽除《ひよ》けのシェードを下ろす。これはホームセンターで見つけた紗幕《しゃまく》のようなスクリーンを使って彼が自作したもので、直射日光で洗濯物が日焼けしないようにするのが目的だった。

洗濯物を干し終え、ベランダで育てているハーブに水をやると、次は風呂場とトイレの掃除。すべてを済ませるとキッチンでアイスティーを作ってリビングへ。ベランダからミントの葉を一枚採ってきてグラスに浮かべ、それを飲みながら朝刊をゆっくりと読んだ。三十分ほどの休憩だ。

十時過ぎくらいになって、やっと仕事場に入った。ここからはイラストレーター京堂新太郎としての仕事になる。

家事をすべてにおいて優先する、というのが新太郎の信条だった。そのために仕事もセーブしている。

今日の仕事は週刊誌に連載されているエッセイに添えるイラストだった。筆者は若い女性に人気のあるモデルで、誌面も彼女の顔写真のほうが大きく掲載され、新太郎のイラストは申し訳程度でしかない。内容も彼女の日常での出来事やそれに対する素朴な印象を綴《つづ》ったものなので、正直それほどイラストに重きは置かれていなかった。今回は街で見かけた犬が可愛かったという、ただそれだけの話。犬種もシーズーと明記されているので苦労はない。新太郎は書架の資料本の中から犬の写真集を取り出し、シーズーのページを開いた。エッセイでは自転車の籠から顔を出していたと書かれている。そのシーンを頭の中で想像し、構図が決まったところで一気に鉛筆を走らせる。思い描いたとおりの犬の姿がケント紙の上に現れた。

最近ではパソコン上で専用ソフトを使って仕事をするイラストレーターも多いが、新太郎は手描き派だった。パソコンは扱えるのだが、やはり自分の手で描くほうが性に合っていた。コンポの再生ボタンを押す。最近よく聴くボサノバのＣＤが、たゆたうような音楽を奏《かな》ではじめる。

それを聴きながらペン入れをした。

描き終えたときには、正午を過ぎていた。あらためて自分の絵の出来ばえを確認してから大きく伸びをし、仕事部屋を出た。

昼食は冷凍にしておいた御飯を温めたものに、レトルトのカレーをかけるだけ。自分ひとりのときは、ほとんどそれで済ませていた。

テレビを観ながらカレーを食べ、食器を洗ってからベランダに出る。洗濯物はすでに乾いていた。すべて取り込み、二回目の洗濯に取りかかる。

乾いたシャツにアイロンを掛け、他の洗濯物と一緒に畳んで簞笥《たんす》に納める。洗濯の終わったシーツと枕カバーをベランダに干すと、描き終えたイラストを封筒に入れてマンションを出た。

郵便局で封筒を書留で郵送し、帰りにスーパーに寄って買い物をした。冷蔵庫の在庫は頭に入っている。買ったのは小鰺《こあじ》と足りなくなっていた味噌だけだった。

炎天下、買い物を終えて帰ってくると、どっと汗が噴き出す。顔を洗い、エアコンの効いたリビングで冷やしておいた麦茶を飲みながら、読みかけのエリザベス・フェラーズを手に取る。BGMはチャイコフスキーのピアノ曲集。こうしてしばらくの間、新太郎は静かな時間を過ごした。

本を読み終え、気がつくと午後六時を廻っていた。今日も夕飯はひとりで食べることになりそうだった。早く帰ることができる日には、妻から六時までに家に電話が入ることになっている。だが、そんな電話がかかってくることは滅多にない。彼女の仕事は過酷なのだ。

シーツと枕カバーを取り込み、夕食の支度に取りかかった。

鰺の鰓《えら》と内臓を一尾ずつ丁寧に取り、味付けをして小麦粉を振ってから油で揚げる。それを酢、酒、みりん、醤油、唐辛子で作った南蛮地に漬け、冷蔵庫に入れておく。

それとは別に焼茄子《やきなす》を作り、鰹《かつお》だしの汁に浸しておいた。

味噌汁の実は残り物の葱《ねぎ》と油揚げ。これに常備菜として作り置きしてある卯の花の炒り煮を加えれば、今日の料理は完成だ。

午後七時半、炊きあがった御飯と一緒に夕食をとる。南蛮漬けは味の染み込みが今ひとつだが、妻が帰ってくる頃にはちょうどいい味加減になっているだろう。

食後、食器や釜を洗い終えると再び仕事部屋に入った。次の仕事はまだ締め切りに余裕があるものの、ハリウッドの映画スター三十人の似顔絵描きという厄介な仕事だった。もともと似顔絵イラストレーターとしてデビューした新太郎だが、外国人の顔を描くのはあまり得意ではない。なかなか特徴をうまく捉えきれないのだ。

映画雑誌やインターネットで拾ってきた画像を元に、スケッチブックに鉛筆で描いてみる。オードリー・ヘップバーンはよし。クラーク・ゲーブルもOK。ブラッド・ピットは今ひとつ。ナタリー・ポートマンは駄目。どうやら最近のスターほど描きにくいようだ。

とりあえず納得のできたスターだけ清書することにした。再びボサノバのCDをかけ、ペンを動かす。

仕事に熱中すると、時間の経つのも忘れてしまう。CDの音など実際は耳に入っていない。しかし、どんなに集中していても彼の耳は、その音を聞き逃すことはなかった。

ドアの鍵を開ける音だ。たった今、聞こえた。

新太郎は腕時計を見る。午後十一時九分。その瞬間、彼はイラストレーターから主夫に戻った。仕事部屋を出ると、ちょうど玄関ドアが開いたところだった。

「お帰り景子さん、お疲れさま」

新太郎が声をかけると、妻は疲労の滲《にじ》んだ顔に甘えるような表情を浮かべた。

「新太郎くん、お腹空いたあ！」

2

景子はその夜も健啖《けんたん》だった。

「美味し〜っ！　この南蛮漬け絶品〜！」

鰺を頭から尻尾まで胃の中に収め、御飯をもりもりと食べる。

「そんなに急がなくてもいいよ。ゆっくり食べなよ」

新太郎はお茶を飲みながら景子の食べっぷりを見ていた。

「だって、お昼もろくに食べられなかったんだもん」

景子は茄子の焼きびたしをぱくついた。

「あーもう、新太郎くんの御飯って最高！　外食なんて馬鹿馬鹿しくてできないわ」

「そう言ってもらえると嬉《うれ》しいけどね。今日、そんなに忙しかったの？」

「そうなのよ。もう大変」

景子は南蛮漬けにされた小鯵の最後の一尾を箸《はし》でつまみ、口に持っていこうとする。と、その手が不意に止まった。何か不審なものでも見るように、小鯵をじっと見つめている。

「どうしたの？　味がおかしいかな？」

「……ううん、そうじゃないの。そうじゃなくて……ねえ新太郎くん、この魚、新太郎くんが捌《さば》いたの？」

「うん、そうだけど」

「お魚を捌くのって、難しい？」

「どうかなあ……慣れればそんなに難しくないけど……」

「ハマチでも？」

「ハマチ？　ブリの小さいやつ？」

「いいえ、ハマチ。ブリじゃないの」

「いや、ハマチはブリだよ。出世魚ってやつでさ、成長するに連れて名前が変わるの。たしか、ワカナ、ツバス、ハマチ、メジロ、ブリっていうふうに名前が変わっていくんだ」

「へえ」

景子は感心している。

「で、そのハマチがどうかしたの？」

「全然料理のできない人間が、いきなりハマチまるまる一匹を料理することってできるかしら？」

「それは……ちょっと難しいかなあ。ハマチっていったら体長が六十センチくらいあるだろうから……でも、いきなりどうして？」

「それがねえ……」

景子は小鯵を口に放り込みながら、言った。

「なんだかまた、奇妙な事件に出くわしたみたいなのよ」

3

名古屋市中川区、黄金橋《こがねばし》の南側に位置する賃貸マンションが現場だった。

景子が同僚の間宮や生田と共に現場に到着したのは、正午ちょうどのことだった。

「やれやれ、どうやら昼飯は食べとれんみたいだわな」

エアコンの効いたパトカーから炎天下の路上に出た間宮が、顔を顰《しか》めた。

「お腹、空きましたよね」

生田が同調するように、

「せめて昼御飯食べてから出たかったなあ。今日、朝御飯も食べてないんですよ。寝坊しちゃって――」

「生田」

背後から声が飛ぶ。その瞬間、三十度を超える暑さの中にいながら生田は、冷気を浴びたかのように身を縮ませた。

声の主は生田を追い抜き、先に進んでいく。

「どうした？　腹が減りすぎて動けんか」

間宮が茶化すように言う。生田は大袈裟に首を振り、ふたりについていった。

例によって現場の周りには野次馬たちが群れ集っている。彼らはパトカーから降りてきたふたりの男と、彼らに先行して歩いていく若い女性の姿を物珍しそうに見ていた。

入り口前に立っていた交番の制服警官が雷に撃たれたかのように反《そ》り返り、引き攣《つ》った顔で敬礼した。相手はもちろん先頭を行く女性――京堂景子である。以前、自分の管轄内で強盗事件が起きたとき、景子の捜査に立ち会ったことがある。そのときの経験はトラウマとなって彼の心に深く刻まれているのだった。郷里の母親よりも警察学校時代の教官よりも、景子の凍《い》てついた視線と魂を氷結させるような言葉のほうが、ずっと恐ろしかった。

「現場は？」

景子の問いかけに警官は敬礼のポーズのまま、

「は、に、二階の二〇一号室でありますっ！」

選手宣誓でもしているかのように声を張り上げる。

景子は間宮と生田を引き連れ、何も言わずマンションに入っていく。警官はしばらくの間敬礼の姿勢を崩さずに突っ立っていたが、彼らの姿が見えなくなってしばらくしてから、呪縛が解けたかのように大きく溜息《ためいき》を吐《つ》いた。

一方、景子たちは問題の部屋の前に到着した。クリームイエローに塗られたスチール製のドアは開かれ、先に到着していた鑑識員たちが出入りしていた。彼らも景子の姿を認めると、一瞬で凍りついたかのように動かなくなった。

「わたしがそんなに珍しいか」

景子の一言に、全員が痙攣《けいれん》するように首を横に振り、慌てて仕事に戻った。

２ＬＤＫの小ぎれいな部屋だった。玄関を入って右手に洋室、その隣に洗面所と浴室、トイレという並びになっている。左手にはリビングダイニングがあり、刑事や鑑識員たちはそちらに集まっていた。

ある。


「どうも、ご苦労さまです」

　四十歳過ぎくらいの男が、薄くなった頭頂部を見せつけるようにぺこぺこと頭を下げながら近づいてきた。中川署の国松《くにまつ》刑事、景子たちとは何度か仕事をしたことのあるベテランである。

「ご苦労さまです。早速ですが状況を教えていただけますか」

　質問したのは生田だ。こういうところで迅速に仕事を進めないと、すぐに景子から氷の矢が放たれることは重々承知していた。

「被害者は今野栞《こんのしおり》十九歳、この部屋に住んでいる大学生です」

　対する国松も無駄口を叩《たた》くことなく報告を始める。後輩刑事たちの手前、ごく自然に振舞っているが、内心は景子の前に立たされて極度に緊張しているのだった。

　もともとは駄洒落《だじゃれ》好きな人間で、現場でも思いつくままにジョークを飛ばすので、署内では「駄洒落の国さん」というニックネームを頂戴していた。しかし以前に県警の捜査一課と強盗事件の合同捜査をすることになったとき、会議室でつい、

「事がゴウトウだけにゴウドウ捜査が当然でしょうなあ」

　とやってしまった。その瞬間、県警からやってきた刑事たちが一瞬で顔色を変え、硬直するのを見た。

国松は何が起きたのかわからなかった。せめて失笑くらいは買えるだろうという思惑《おもわく》は見事に外れた。そのとき、捜査陣の中でも一番年若い女性、景子に言われたのだ。

「我々は笑えない冗談の批評をするためにここに来ているのではない」

そのときの彼女の声、彼女の表情を思い出しただけで、国松は何もかも投げ出して逃げ出したくなる。以来、現場ではできるだけ駄洒落を言わないように心掛けていた。

「遺体は本日午前七時十三分に発見されました。発見者は隣室二〇二号の住人田島菜々子《たじまななこ》二十三歳、中区栄《さかえ》の西島《とりしま》工務店に勤めるＯＬです。彼女は出勤のために部屋を出たついでに回覧板を隣のドアのポストに入れようとして、ドアが完全に閉じていないことに気づきました。不審に思いドアを開けると、妙に生臭《なまぐさ》い臭《にお》いがする。呼びかけても返事はない。怖くなった彼女は部屋に入ることなく警察に通報したということです」

「生臭い、ですか……」

言いながら生田は、鼻をひくひくさせた。そういえばこの部屋に入ったときから、生臭い臭いが気になっていたのだった。

「では通報者は、部屋の中に入っていないんですね？」

「そう証言しています。通報を受け近くの交番から警官が二名赴《おもむ》きました。そして遺体を発見したわけで――」

「質問があります」

景子が言った。国松も生田も顔色を変えた。

「な、何でしょうか」

おずおずと国松が問いかけた。

「今の報告では田島菜々子は部屋に入っていないということですが、ではなぜ、彼女が発見者なのか、教えていただきたい」

「あ……それは……」

国松はたじろいだ。

「田島菜々子は通報者だが遺体の発見者とは言えない。違いますか」

「……そのとおりです。俺の言い間違いでした」

「では発見時刻の七時十三分というのは？　警官が到着して遺体を発見したときと解釈していいのですか」

「……いえ、田島菜々子が警察に通報してきた時刻です。正確な発見時刻は、ええと……」

焦る国松に、若い刑事が自分のメモ帳を差し出した。

「あ、悪いな。ええと……警官による遺体発見は、午前七時三十二分れす、いや、です」

自分より十歳以上若い女性に対して、国松は緊張のあまり舌が回らなくなっていた。それほどに景子の視線は鋭く、そして冷たかったのだ。

「遺体を見せてもらってええかな？」

間宮が言った。

「は、はい、どうぞ。あの、ちょっと驚くかもしれませんが」

国松は意味ありげなことを言って脇に退き、景子たち三人をリビングダイニングに入れた。

遺体は仰向けの状態で横たわっていた。少々肉付きのいい、小柄な女性だった。ショートの髪は栗色に染め、オレンジ色のタンクトップにベージュのスカートを穿《は》いている。マスカラを施した眼は虚《うつ》ろに開き、タンクトップより少し淡いオレンジに塗られた唇《くちびる》から、かすかに舌が覗《のぞ》いていた。

しかし何よりも眼を引いたのは、遺体の上に載せられているものだった。

「これ、何ですか」

啞然《あぜん》とした声で、生田が誰にともなく訊いた。

少し間を置いて、間宮が答えた。

「こりゃ、魚だな」

「いや、魚なのはわかりますよ。わかりますけど……」

生田は言葉が続かない。

「正確には、刺身か」

遺体の上に載っているのは、紛《まぎ》れもなく魚だった。大きさは六十センチくらいはあるだろうか。青っぽい頭部に尾鰭《おひれ》はVの字型に伸びている。身にあたる部分はきれいに切り分けられ、骨の部分を受け皿として盛りつけられていた。

「ハマチですよ」

答えたのは国松だった。

「刺身の他には照り焼きにして食うやつです」

「ハマチだと断定できる理由は？」

景子が尋ねる。国松は緊張しながらも答えた。

「俺、釣りをやるんです。魚のことなら詳しいつもりです。これを釣ったこともあります。間違いありません。これはハマチです」

景子は国松から視線を動かさなかった。国松の緊張が限界点に達し、意識を失いそうになった頃、

「なるほど」

景子が短く答える。国松は一気に弛緩《しかん》し、その場に崩れ落ちそうになった。

「そのハマチが、どうして刺身にされて遺体の上なんかに？」

生田が訊く。

「さあね、そんなのハマチに訊いて――」

言ってしまってから国松は、慌てて景子の様子を窺《うかが》った。今のが下手なジョークだと思われたのではないかと気がかりになったようだ。

「こりゃ、女体盛りだわな」

不意に間宮が言った。

「女体盛り？」

「知らんのか生田、真っ裸の女を器に見立ててよ、その上に刺身を盛りつけるんだわ。温泉旅館なんかの余興で出されるもんだ」

「そんなことをするんですか。体温で刺身が温まってまずくなりそうだな」

「死体ならその点、大丈夫だけどな」

間宮は不謹慎なことを平気で言う。国松が心配そうに景子の反応を窺った。

「女体盛りなら服は脱がす。少し違うな」

景子はそう言って、遺体を検分した。

「死亡推定時刻は？」

「解剖しないとわかりませんが……」

年嵩の監察医が応じた。

「おそらく昨日の午後二時から六時の間でしょう」

「死因の特定は可能ですか」

「これも解剖を待たないと……しかしおそらくは後頭部を強打したことが原因でしょう。ほら、そこに」

と、彼が指差したのはダイニングのほうに置かれたテーブルだった。

「テーブルの角に血痕が付いている。そこで頭を打ったものと考えられます。それとキッチンの床に敷かれているマットですが、ちょっと見てください」

言われるまま、景子と生田と間宮はキッチンに眼をやった。フローリングの床に敷かれていた長さ五十センチほどの黄色いキッチンマットが、半分めくれた状態で端のほうにずれていた。

「マットで足を滑らせてテーブルの角に頭をぶつけた、というふうに見えないこともない」

「じゃあ事故ですか」

生田が言うと、

「生田、おまえには脳がないのか」

即座に景子の声が彼を貫いた。

「え……？」

「あの刺身はどう説明するつもりだ？」

「……えっと……」

「このお嬢さん、自分でハマチのお造りを体に載っけたわけじゃないわな」

間宮が言った。

「でも、どうしてこんなことを……」

「それを調べるのが俺らの仕事だて。な、景ちゃんよ」

景子は返事をしなかった。遺体の前に屈み込み、上に載せられた刺身を調べている。生臭い臭いが漂っていたが、気にする様子もなかった。

「……頭部に損傷があるようだな」

景子が呟くように言うと、

「だからそのことは今、言ったじゃないですか。後頭部に強打の痕があるって」

監察医がじれったそうに口を挟む。景子は振り返り、

「それは、被害者のことだと理解していたのですが、違いますか」

物言いは丁寧だが、景子の言葉には刺すような冷たさがあった。

「わたしが言っているのは、この魚です」

「魚？」

「調べていないのですか？　まだ？」

蔑《さげす》むというのでもない、冷徹な口調で、しかし容赦なく相手の落ち度を指摘する言葉だった。監察医は冷汗を滲ませながら、骨だけにされたハマチの頭部あたりを調べた。

「……たしかに、陥没があるようだ」

認めざるを得なかった。

「ついでに言うと、被害者の左頬のあたりに打撲が見受けられます。これについても、もう認識されてますね？」

「ああ、それは知ってます。さっき報告しなかったのは、特に問題になるとは思わなかったので、その……」

言い訳を続けようとする監察医を尻目に、景子は立ち上がった。周囲の刑事や鑑識員が、無意識に一歩退いた。

景子はキッチンに向かった。小さな鍋とフライパンがある程度で、それほど道具類も多くはなさそうだった。

シンクの隣には樹脂製の俎板《まないた》が置かれていた。景子はその俎板に鼻を近づけ、臭いを嗅《か》いだ。

シンクの中には包丁が転がっている。木製の柄が付いた出刃包丁だった。どうやらまだ新しいもののようだ。

景子は流し台の下の扉を開けた。扉裏側の包丁差しに一本だけ差してあった。果物の皮を剝《む》くときに使うようなペティナイフだ。新品ではないが、それほど使い込んでもいないようだった。

続いて景子は冷蔵庫の扉を開いた。卵、ソーセージ、ジャム、バター、それ以外にはペットボトルのスポーツドリンクと緑茶が入っているだけで、閑散としている。逆に冷凍庫はピザや讃岐うどん、ピラフなどの冷凍食品が目いっぱい詰め込まれている。

「どうやら、あんまり料理はせんかったみたいだな」

景子の背後から冷蔵庫を覗いていた間宮が言った。

「そのようですね」

景子は応じてから、再び俎板に眼を向けた。

「じゃあ、なぜ……？」

「え？　どうかしたんですか」

生田が訊いた。

「一応きれいに洗ってあるが、俎板に魚の臭いが残っている。それに流しに落ちている出刃包丁、このふたつから考えられることは？」

「え？　あ、それは……」

景子に問い返され、生田はどぎまぎしながら、

「……つまり、ここでハマチを料理したってことですか」

「そうだ。しかし、さほど料理が得意そうにも見えない被害者が、本当にあんな大きな魚を丸ごと一匹、捌けたんだろうか……」

「ひとりで食べるには、ちょっと量が多すぎるしな」

と間宮。

「もしかしたら、誰かと一緒に食べるつもりだったのかも」

応じたのは、国松だった。すかさず景子が、

「何か根拠があるんですか」

と問い質《ただ》すと、

「あ、いや、まだそういう話は……まだ……」

国松はしどろもどろになる。

景子が小さく溜息を吐いた。男たちにはその吐息が、氷の女王が吐く氷結の息のように感じられた。

「通報者は今どこに？」

景子が話を変えた。

「え？　あ、田島菜々子なら隣の自室にいるはずです。今日はもう会社も休んだそうで」

「話はできますか」

「ええ、多分」

「生田、付いてこい。間宮さん、ここを頼みます」

そう言うと景子は、さっさとキッチンを出ていく。生田は慌てて後に従った。

二〇二号の扉は閉まっていた。インターフォンを鳴らすと、しばらく間を置いて、

──はい？

「愛知県警の京堂と言います。お話を聞かせていただけませんか」

鍵が外される音がして、扉が開いた。

怯《おび》えた表情で立っていたのは、ミントブルーのブラウスに白のパンツ姿の女性だった。二十三歳という話だったが、実年齢よりずっと若く見えるのは髪を三つ編みにしているせいかもしれない。少々時代後れなデザインの眼鏡を掛け、化粧もそれほど念入りにはしていないようだった。

景子は警察手帳を呈示し、

「田島菜々子さんですね。お疲れとは思いますが、捜査に協力をお願いします。お部屋の奥でお話を伺《うかが》ってもよろしいですか」

と尋ねる。菜々子が頷くと、一礼して中に入った。生田もその後に続く。

間取りは今野栞の部屋と同じだった。リビングのほうはパステルカラーでコーディネートされている。景子と生田はキャラクターもののカバーが付けられた座布団に座り、パステルピンクのテーブルを挟んで菜々子と対峙《たいじ》した。彼女の背後にはカラーボックスの本棚が置かれている。中に詰まっているのは少女漫画と菓子のレシピ本ばかりのようだった。

景子はさり気なくキッチンに眼を移した。きれいに整理されているが、料理道具はかなり多そうだった。鍋だけでも何個か掛けられている。

「お料理、好きなんですか」

景子の問いに、菜々子は不意を衝《つ》かれたような表情で、

「え？　ええ……お菓子を作るのが好きなんです」

「魚とか肉料理は？」

「それもします。料理学校に通ってるので」

「魚、ひとりで捌けますか」

「お魚ですか。一応は学校で習いました。でも、あまり得意じゃないです……どうしてです

か」

「いえ、話が横道に逸れました。田島さんが警察に通報するまでのことを、もう一度話してくれませんか」

菜々子は今朝からのことを話した。国松から聞かされたのと、同じ内容だった。

「警察が来て、それからどうしました？」

「お巡りさんに隣のことを話して、わたしはここにずっといました」

「ドアが開いていたことと、生臭い臭いがしたこと、呼びかけても返事がなかったことの他に、何か気になることはありませんでしたか」

「……いいえ。それだけでもう、怖くなっちゃって……」

「そんなに怖い状況でしょうかね？」

生田が懐疑的な表情で訊く。菜々子は首を振り、

「怖いですよお。だって昨日ＤＶＤで観たのと同じようなシチュエーションだったから」

菜々子がテレビの前に置いてあるＤＶＤパッケージを指差した。裏面の宣伝文を読むと、独り暮らしの女性を次々と殺していく連続殺人霊が登場するホラー映画らしい。

「ドアが半開きになってるのを隣の部屋のひとが見つけて中に入ってみると、ばらばらにされた女のひとの死体が散らばってるってシーンがあったんです。生臭い臭いがしたとき、そ

のシーンのことを思い出しちゃって……」

　菜々子は身震いした。

「昨日は何時頃に帰ってきたんですか」

　景子が訊いた。

「五時半くらいです」

「そのとき、今野さんの部屋のドアは開いてましたか」

「閉まってました。間違いありません」

　菜々子は断言する。

「なるほど。ところで今野さんとは親しかったのですか」

「そんなには……ときどき話をする程度でした」

「どんなひとでした？」

「そう……可愛い感じのひとでした。活発だし、話好きだし」

「今野さんの部屋に誰か出入りしているというようなことはありませんでしたか」

「それは……」

　菜々子は口籠もった。

「捜査に必要なことなんです。あなたから聞いたということは警察外部には洩らしませんから」

景子が言うと、菜々子は言いにくそうに、

「じつは、何人か男のひとが来てたみたいでした」

「何人か？　複数なんですか」

「はい、時期はずれてるんですけど、違う男のひとが彼女の部屋に出入りするのを見かけました」

「何人くらい？」

「……三人、かな」

「顔を覚えていますか」

「ちらっと見ただけだから、はっきりとは……一番最初に見たのは、髪の毛の短い二十歳ぐらいの男のひとで、去年の夏頃に来てました。その次は冬に、今度は三十歳くらいの男のひとでした。最近はやっぱり二十歳くらいで、でも前とは違うひとです」

「発展家だなあ」

素直な感想を口にしてから、生田は慌てて口を押さえた。景子は彼の失言を無視して、

「昨夜はどうですか。誰か来ましたか」

「……わかりません。昨日は気がつきませんでした」

「そうですか」

景子は少し考えてから、

「話は変わりますが、今野さんは料理はできるほうでしたか」

「お料理ですか。全然です」

はっきりと菜々子は言った。

「前にわたしが料理学校に通ってるって話をしたら、自分は全然できないから、やっぱり通ったほうがいいかなって言ってました。お父さんが釣りが好きで、釣ってきた魚を自分で捌いて料理してくれたんですって。でも栞さんは魚が怖くて触ることもできないって言ってました」

「魚が、怖い？」

「ええ、眼が怖いんですって。包丁は持ってるくせに。だから料理のできるお父さんのこと、すごく尊敬してたみたい。男はやっぱり料理できるほうがいいって」

インターフォンが鳴った。菜々子が応対に出る。しばらくして景子に言った。

「刑事さんにです」

景子は受話器を受け取った。

——景ちゃん、ちょっと出てきてくれんか。

間宮の声だった。

景子はドアを開け、外に出た。

「中川署の連中は、みんな景ちゃんと直接話すのがおそがいとよ。だから俺が言いにきたんだわ」

「何か失態でも？」

「いやいや、ちょっと面白いもんが見つかったんだわ」

間宮はビニール袋に入った二枚の小さな紙切れを差し出した。どちらもスーパーのレシートだった。

「このすぐ近くにあるスーパーらしいわ」

景子はレシートの内容を見た。昨日の十二時十四分と日時が打ち込まれたレシートには「デバボウチョウ」、十二時三十分のものには「ハマチ」と購入商品が記されていた。

「これ、被害者が持っていたんですか」

「財布の中に入っとった。今、署の刑事をスーパーに走らせて確認させとる。どうやら被害者は自分であの魚を捌くつもりで包丁まで買ったらしいわ」

「いえ、それはありません」

景子は即座に否定する。間宮は不審げに、

「どうして、そんなことが言えるんだ？」

「今、情報を仕入れました。今野栞は魚を捌くことはできませんでした」

言った後で、彼女は自らに問いかけた。

「……じゃあ、誰が捌いたんだ？」

4

「スーパーに聞き込みに行った刑事の報告だと、昨日の昼過ぎに今野栞がキッチン用品売り場で出刃包丁を買って、それから鮮魚売り場でハマチを一尾丸ごと買ったことが確認できたの。顔の確認もできてるわ。間違いなく彼女だったそうよ」

食後、焙じ茶を啜りながら景子は新太郎に話した。

「つまり栞さんは自分で魚を捌けないのにハマチ一尾と出刃包丁を買ったってわけだね」

「そういうこと。でも、自分のところに包丁があったのに、どうしてまた一本買ったのかしら？」

「そりゃ必要だからだよ。ペティナイフじゃ魚を捌くのは無理でしょ」

「そんなものなの？　へえ……」

料理にまったく関心のない景子には、ピンとこないようだった。

「でも、そもそも栞は魚を捌けなかったんだから、包丁なんて買っても仕方なかったでしょうに」

「ちゃんと捌いてくれる人間がいたんだね、きっと」

「それが犯人？」

「さあね。でも彼女がハマチを捌けないなら、誰かに捌いてもらうつもりだったはずだよ。そして実際にハマチは捌かれた。栞さんの周辺にそんな人間はいないの？」

「それなんだけどね、栞と付き合ってたらしい男が三人見つかったの。そのひとりが桑原《くわばら》喜次郎《きじろう》って男で、三十二歳の妻子持ち。栞がバイトをしているファミレスの店長よ。特徴も田島菜々子が話してた男と一致するわ」

「そのひと、料理できるの？」

「確認したところでは、できるみたい。釣りはしないけど、スーパーで買ってきた魚を下ろすくらいのことはできるって」

「なるほど。で、他のふたりは？」

「どっちも栞と同じ大学の学生ね。ひとりは住之江《すみのえ》稔《みのる》という男で、去年の秋まで栞と付き合ってたんだって」

「別れた原因とかあるの？」

「性格の不一致だって言ってた。『彼女の父親の代わりなんかできないから』だって」

「栞ってひと、ファザコン？」

「だったみたい。同級生の女の子も、そんなこと言ってた。栞の父親、彼女が子供の頃に交通事故で死んでるんだって。そのせいか父親を男の理想像みたいに思ってたみたいね」

「理想を押しつけられるのって、たしかに大変かもなあ。それで、彼は魚を下ろせるの？」

「桑原とは逆に、釣りはするけど料理はしないそうよ。バス釣り専門だって。

最後のひとりは高柳一城《たかやなぎかずき》。栞とはつい最近付き合いはじめたようね。彼は釣りも料理も一切しないそうよ」

「三人の中でハマチを捌けそうなのは桑原だけなんだね？　彼のアリバイは？」

「昨日は休業日で、午後二時から七時過ぎまで近所のパチンコ屋で時間を潰してたって言ってるわ。でも証人は今のところなし。途中でパチンコ屋を抜け出して栞を殺すことは可能ね。ついでに言うと、住之江稔も一日中自分のアパートにひとりでいたってことだから、アリバイはないわね。高柳一城は午後五時半過ぎから友達を誘ってカラオケボックスで一晩中歌ってたそうよ。それ以前のアリバイはないけどね」

「田島菜々子さんの証言だと、彼女が帰ってきた午後五時半にはまだ栞さんの部屋のドアは開いていなかったんだよね？」

「そう、だから犯人はまだ部屋にいたか、その後からやってきたか、ということね。となると、高柳だけはアリバイが成立するってことになるわ」

「なるほどね……」

頷きながら新太郎は、どこか遠くを見るような視線を宙に飛ばしていた。それでなくても端整な顔だちが、より引き締まって見える。その横顔に、景子は思わず見惚《みと》れていた。

やがて、新太郎が口を開いた。

「景子さん」

「景子さん？」

「…………」

「……え？　あ？　なに？」

「調べてほしいことがあるんだけどさ。栞さんの知り合いなら、聞いてるかもしれないから」

「何を？」

「犯人と栞さんの馴《な》れ初《そ》め」

「馴れ初めって……犯人!?　誰が？」

驚きに眼を見開く妻に、新太郎はその名前を告げた。

5

ようやく夕闇が迫りはじめた午後七時、まだ蒸し暑さの残る街中を、彼は急ぎ足で歩いていた。

中区栄、丸栄と明治屋の間にあるプリンセス大通りを南に向かう。飲食店や風俗店が多く、夜になると別の顔を見せる地域だ。

プリンセスガーデンホテルを過ぎ、ナディアパークの手前で西に折れる。小さなカラオケボックスがあった。彼は周囲を見回してから、その店に入った。

受付を無言で通り過ぎ、エスカレーターで二階に上がった。ガラス張りのドアがいくつも並び、歌声が洩れ聞こえてくる。その中のひとつを開けると、中に入った。

少し待ってから景子がドアを開けると、女に抱きしめられていた彼が驚いたような顔で振り向いた。

「あんた……」

「やはりそういうことか」

景子は中に入る。生田と間宮も続いた。

「ふたりで組んでやったことだな」

「何の……何の話だよ？」

「決まっている。今野栞殺害だ。そうだろう高柳一城。そして、田島菜々子」

女——菜々子は高柳にしがみついたまま動こうともしなかった。

「栞の友人に聞いてきた。おまえは彼女に『俺は釣りが趣味、釣った魚は自分で料理する』と言っていたそうだな。死んだ父親を男の理想像としていた彼女にとって、それがもっとも効果的なアピールだった。事実彼女は、おまえと付き合いはじめた。彼女の部屋に通うようにもなった。昨日も同じようにおまえは彼女の部屋にやってきた。しかし、いつもと違う展開が待っていた。栞がハマチを丸ごと一匹買ってきて、これを捌いてくれと言い出したんだ」

景子の言葉には相手の心臓を切り裂く鋭さと冷たさがあった。高柳は縮みあがり、顔色《がんしょく》を失った。

「当然のことながらおまえはハマチに手が出せなかった。それでようやく栞は、おまえが嘘を吐いていたことに気づいた。怒った彼女はおまえを罵《ののし》った。どんなことを言われた？　嘘つき？　最低？　役立たず？」

「…………！」

「そうか、役立たずと言われたか。それで切れたのか。怒りに我を忘れ、思わずハマチの尻尾を摑んで、それで栞を殴りつけたんだな。ハマチは彼女の頰に当たり、ふらついた彼女はテーブルの角に後頭部を打ちつけて倒れた。打ち所が悪く、彼女は死んだ」

「くっ……！」

高柳はさらに身を竦《すく》める。菜々子はそんな彼を守ろうとするように抱きしめた。

「おまえはうろたえた。救急車を呼ぼうともせず、部屋から逃げ出そうとした。そのとき、おまえにとっての救い主が現れた。田島菜々子、あなただ」

景子の矛先が向くと、菜々子は高柳を抱きしめたまま彼女を睨《にら》みつけた。追いつめられた小動物が猛獣に見せる最後の反抗のようだった。

「多分、ドアを開けて飛び出してきた高柳と鉢合わせしたのだろう。ただならない様子を不審に思い、あなたは栞の部屋に入った。そして彼女が倒れているのを見つけた。そこで警察に通報するべきだった。しかしあなたは、そうしなかった。それどころか、彼の犯行を隠蔽《いんぺい》しようとした。

いつから彼に好意を持ちはじめた？」

「……わたしは……」

「栞の部屋に出入りしている男たちを、あなたはチェックしていた。最初は栞の男性関係に対しての単なる好奇心だったのかもしれないが、高柳に関しては別の興味が、彼自身への興味が湧いた。だから彼を庇《かば》う気になった。違うか」

白《しら》を切ることはできなかった。京堂景子の氷の視線が生半可な嘘など許さないことが、菜々子にも理解できたのだ。

「一城さんの話を聞いて、彼は悪くないと思ったの。悪いのは身勝手な彼女。だから、一城さんを救ってあげたかった」

「だからアリバイを作るように言ってこの男を逃がし、自分は栞の部屋に留まってハマチを捌いたのか」

「……ええ、一城さんが魚を下ろせないことは、ちょっと調べればすぐにわかる。だからハマチを刺身にしてしまえば、彼が犯人だとは思われないと……」

「その程度のことでは、警察は誤魔化されない」

景子は冷ややかに言い放った。

「高柳とカラオケに行った連中に話を聞いた。いきなり電話してきて『奢《おご》ってやるからこれからカラオケに行こう』と半ば無理矢理に連れていかれたと言っている。強引なアリバイ作りだということがバレバレだ」

菜々子が高柳を見つめ、口だけ動かして何か呟いた。景子の眼には「ドジ」と言っているように見えた。

「ドジなのは、あなたもおなじだ。わたしが『魚を捌けるか』と訊いたとき『あまり得意ではない』と答えた。しかし料理学校での評判は違っていた。あなたは講師がびっくりするほど見事に鯛《たい》を捌いてみせたそうだな」

「実家が魚屋で、子供の頃から見様見真似でやってたから……」

「わざわざ被害者の体の上に刺身を盛りつけたのは、栞を侮辱するためか」

「そんなのじゃなくて、でもそのほうが、彼女に恨みを持ってる人間の仕業っぽく見えるかなって思って……元カレとか」

「前に付き合っていた男の中に料理のできる者がいることを知っていたのか」

「彼女から前にちょっとだけ聞かされたの。自慢げに」

菜々子の表情に嫌悪の影が差した。

「ハマチの刺身を完成させた後あなたは、栞の部屋のドアを半開きにして自室に戻った。同じ階の誰かが気がついて、騒ぎだしてくれることを願って。しかし朝になっても、誰も気づかなかった。あなたは仕方なく、自分が発見者になることにした。それが仇《あだ》になったな。あなたはそのまま会社に行ってしまえばよかった。誰かが半開きのドアに気づいてくれるのを、ずっと待っていてもよかった。そうすれば、余計な墓穴を掘らなくても済んだかもしれない」

「墓穴？　何のこと？」

「あなたは部屋には入らないまま警察に通報したと言っていた。警察の突っ込んだ訊問を恐れてのことだろうが、それが逆に不審を招いたんだ」

景子は言った。

「栞の料理の腕前について訊いたとき、あなたは彼女について『包丁は持ってるくせに』と言った。しかし彼女が持っていたのはペティナイフだった。包丁じゃない」

「でも、あそこには出刃包丁が……」

「あれは栞が買ってきたんだ。高柳に捌いてもらうためにハマチと一緒にね。だから、昨日部屋に入らなかったあなたが、あの包丁の存在を知っているはずがないんだ」

6

高柳一城と田島菜々子を署に連行したのは午後七時半過ぎだった。

「後のことは、任せる」

景子は生田に言った。

「ふたりとも、もう否認する気力も失くしているから、後は楽だろう。頼むぞ」

「それはいいですけど、京堂さんはどうするんです？」

生田の問いかけに、景子は一言だけ答えた。

「帰る」

今日も夕食は新太郎ひとりで済ませてもらうことになってしまった。せめて早く帰りたかった。一刻も早く帰って彼の手料理を食べたい。彼の助言で事件が解決したことを知らせたい。

それから、ゆっくりと労《いたわ》り合うのだ。お互いに、夫婦として。

思わず笑みが浮かびそうになり、景子は口許を引き締めた。今はまだ京堂新太郎の妻ではない。署を離れるまでは愛知県警捜査一課の鉄女、京堂景子でなければならないのだ。

なぜ庭師に頼まなかったか？

1

「――つまり、昨夜この部屋にいたのがアレクサンダーではなくジュリアスであることを知らなかった人物こそが犯人というわけだ」

そこで言葉を切ると、京堂景子は彼女の話を聞いている人々の顔を見渡した。生田刑事は息を呑んだ。

景子は、その中のひとりに視線を留める。

「近代寺《きんだいじ》充彦《みつひこ》、それはあんただ」

名指しされた近代寺は眼を見開き、唇を震わせた。

「馬鹿な。どうして私が……私だけがアレクサンダーとジュリアスの区別が付くんだぞ」

指差した先にはまったく同じ顔をしたアレクサンダーとジュリアス、二頭のポメラニアンが座っていた。

「あんたに懐《なつ》いているのがアレクサンダーで、嫌っているのがジュリアスか。たしかにそれは昨日、確かめさせてもらった。だが、彼らの好き嫌いを左右しているのが本当にあんた自身なのかどうか、もう一度試してみようか。ただし昨日は密かに隠し持っていたパセリを今日は使わないでもらいたいな」

「うっ……」

近代寺はたじろいだ。落ちたな、と生田は思った。景子に指示される前に彼の肩を叩き、連れていこうとした。が、近代寺はその手を払い、いきなり景子に向かって駆けだした。

「こら、やめろ！」

生田は叫ぶ。近代寺の目的が景子の背後にあるドアであることは間違いなかった。景子を押し退けて、そこから逃げるつもりなのだ。

「よせ！　よさんか！」

間宮警部補が叫んだ。それが慈悲から出た言葉であることを生田は知っていた。

身長百八十六センチ体重八十八キロの巨体が景子に襲いかかった。悲鳴があがる。近代寺の婚約者、そして殺害された明地《あけち》教授のひとり娘、文恵《ふみえ》のものだった。

「やめて充彦さん！」

しかし遅かった。近代寺の手が喉元にかかる寸前、景子の形のいい脚が鞭《むち》のようにしなり、彼の膝の裏にヒットしたのだ。

「がっ⁉」

近代寺は膝を折った。景子はすかさず前のめりになった彼の頭を抱え込み、軽くジャンプすると空中で体を反転させて背中から床に落ちた。近代寺の顔面が床に叩きつけられる鈍い音が、部屋中に響きわたった。

「つ……ツイスト・オブ・フェイト……」

誰かが畏怖《いふ》に満ちた声で呟く。

景子はゆっくりと起き上がると服を整え、呆然としている生田に言った。

「連れていけ」

意識を失くした近代寺が警官たちによって引きずり出されると、景子も部屋を出た。生田も間宮とともに後を追った。

「いつもながら鮮やかだな、推理も格闘も」

間宮が景子に声をかけた。

「あの男、鼻の骨を折ったかもしれんぞ」

「自業自得です」

景子は言った。

「論文データの捏造《ねつぞう》がバレて教授から娘との婚約破棄を迫られた。それで殺してしまった。同情の余地もない馬鹿者です。それに逃げようとしなければ、わたしも手を出さなかった」

「まあ、そうだがよ。しかし――」

間宮の言葉を聞き終える前に、景子は玄関に向かった。

「どこに行くんだ？」

「外の空気を吸ってきます」

晩冬の凍える空気に支配された夜の中に、景子は出ていった。生田は彼女の後ろ姿を見送る。

「すごいよな、京堂さん」

景子は屋敷裏の人気のない路地に入ると携帯電話を取り出した。

「もしもし？　新太郎君？　あたし。終わったわ」

真冬の風も暖かく感じるほどの冷徹さに満ちていた彼女の声音が、あっと言う間に変転した。

「ありがと！　今回も新太郎君の推理どおりだったわ。一件落着よ」

ケータイの送話口に唇を当てて、チュッと音を立てる。その光景をもしも間宮や生田が眼にしたら、驚愕《きょうがく》のあまり卒倒していたかもしれない。愛知県警捜査一課の鉄女と呼ばれる彼女にそのような一面があることなど、誰も知らないのだ。

受話口から相手の声が聞こえてくる。その声を聞いている景子の表情は、このうえなく愛らしかった。

「……うん……うん、今日はもう遅いし、家に帰るわ。夜食ある？　……え？　お雑炊？　嬉しい！　あたし、新太郎君が作る雑炊大好き！」

言葉の端々にハートマークが躍りそうな口調で景子ははしゃぐ。

「じゃ、すぐに帰るから——」

そのとき、

「京堂さあん！」

呼ぶ声がした。生田のものだ。

「どこですか京堂さあん！　連絡が入りました。また事件ですよお！」

ケータイを持ったまま、景子は小さく溜息を吐いた。

「ごめん、帰れなくなっちゃったみたい。ほんとにごめん……うん、じゃあ、またね。愛してるわ」

もう一度送話口にキスをしてから景子は電話を切った。

「ったくもう」

憤懣《ふんまん》やる方ない、といった表情で天を見上げると、背筋を伸ばし、声のするほうに向かって歩きだした。

「現場はどこだ?」

その声には、すでに氷の息吹が戻っていた。

2

名古屋市千種《ちくさ》区丸山町。覚王山《かくおうざん》通りの南に位置する閑静な住宅街である。

その中でも際立って大きな邸宅の前に景子たちを乗せたパトカーが停まったのは、午後十一時を廻った頃だった。

「どうしてこうもこき使われるんでしょうね」

生田はぼやきながらパトカーを降りた。

「しかたないがね、人手が足らんのだし」

間宮がなだめるように言った。

最後に降り立ったのは景子だった。彼女は何も言わない。迷いのない足取りで警官が立つ門に向かった。

西洋の城に使われているような大きな門扉の前に立つ制服警官たちが、景子の登場に緊張した。県警の鉄女、氷の女とも呼ばれる刑事がやってくることは、先に現場に到着した所轄《しょかつ》の人間にも通達されているようだった。

景子の評判は県下にあまねく知れ渡っていたが、特に千種署管内においてその名前は恐れられているらしい。以前、今池《いまいけ》で起きた強盗殺人事件の犯人が逃亡しようとして景子を襲ったことがあったのだ。近くに事務所を構える暴力団の組員で、その凶暴さがつとに伝えられている男だった。しかも彼はナイフを持っていた。

生田もその一部始終を見ていた。彼女はナイフの攻撃を軽々と避け、胸倉に膝を叩き込んでナイフを落とし、さらに相手の腕を固めて顔を地面に叩きつけたのだ。男は完全に意識を失い、連行された後には彼の潰れた鼻から出た血の痕と折れた歯が残っていた。

そんな武勇伝の主の登場に、警官たちの緊張は極限に達しているようだった。

「現場はどこだ？」

景子が尋ねたのは、中でも比較的しっかりとしているように見える中年の警官だった。彼は背筋を伸ばし、型通りの敬礼をした上で、

「この屋敷内の地下室であります。現在千種署の御船《みふね》警部補が捜査にあたっておられます」

「そうか」

景子は短くそう答えると、生田と間宮を伴って屋敷内に入っていった。背後で泣き声にも似た溜息が吐かれるのを、生田は聞いた。

門の向こうには前庭が広がっていた。大きな木が植えられ、冬枯れしている様子もない芝生が敷きつめられている。ゴルフ場のような庭だった。

「広いなあ、ほんとに広い」

生田は思わず声をあげた。

「この庭にマンションが建てられそうだわな」

間宮も言う。

「ここの主は参宮《さんぐう》とかいう名前だったな。どこの何者だろうな?」

「さあ……」

「参宮睦夫《むつお》。年齢五十七歳。参宮貿易社長」

景子が朗読するように言った。

「景ちゃん、知っとるのか」

間宮が驚いたように聞き返すと、

「最近、とある筋から名前を聞きました」

景子は答えた。

「とある筋?」

「水上《すいじょう》警察署です。状況からして関係があるかもしれない」

「そりゃ一体――」

間宮が最後まで言う前に玄関前に辿《たど》り着いた。そこにも制服警官が立っている。彼らも景子の姿を見て緊張に体を硬直させていた。

景子は無言で通りすぎる。玄関の向こうにはエントランスがある。ちょっとしたホテルのロビーのようだった。天井からは豪勢なシャンデリアが吊り下げられ、柱は金色に塗られている。正面の階段の手摺りはアールデコ風な曲線で構成されていた。

「ちょっと成り金趣味っぽいなあ」

生田は正直な感想を漏らしてから、慌てて自分の口を塞いだ。景子は彼の無駄口を咎《とが》めることなく、視線を別の一点に向けている。生田もその方向に目を向けた。

階段の傍らに黒い椅子《いす》が置かれている。木製で背もたれの部分がやけに高く、梯子《はしご》のようなデザインになっていた。

「何です、あれ？」

「ありゃマッキントッシュだわ」

答えたのは間宮だった。

「マッキントッシュ？　パソコンですか」

「チャールズ・レイニー・マッキントッシュっちゅうスコットランドのデザイナーが作った

ヒルハウスの椅子だて。ただ座るだけじゃなくて、鑑賞するための椅子として有名なんだわ」

「間宮さん、そういうの詳しいんですか」

「インテリアについちゃ、ちょっとうるさいでよ。これでも昔はインテリアデザイナーを目指しとったこともある」

「わあ、意外だなあ」

感心している生田と自慢げな間宮を無視して景子はその椅子に近づいた。椅子は玄関ドアに対して真正面を向く位置に置かれている。その足下に何かが落ちていた。

「……何ですか」

やっと気がついて景子の後に続いた生田が覗き込んだ。荷造りに使うようなナイロン製の白いロープだった。

階段裏手にあるドアが開いて三十歳代後半くらいの小太りの男が姿を現した。男は景子たちの姿を見てギョッとしたように立ち止まったが、すぐに頭を下げながら近づいてきた。

「お疲れさまです。千種署の御船です」

室内は暖房が効いているとはいえ、男は額に汗を浮かべている。彼も京堂景子の到着に神経を尖《とが》らせているようだった。

「県警の京堂です。こちらは同僚の生田と間宮。現場は地下室だと聞きましたが」

年上の相手に対して景子は丁寧に、しかしいつもと変わらない口調で問いかけた。

「あ、ええ、そうです。こちらです」

落ち着かなげな素振りで御船警部補は景子たちを出てきたドアの向こうに案内した。

左右に廊下が伸びている。突き当たりには窓があり、その向こうには水銀灯に照らされた庭が見えた。前庭が西洋風ならこちらは純和風のようで、丹念に刈り込まれた松や灯籠といったものが眼についた。

「通報があったのは午後十時二十八分のことでした」

廊下を右に先導しながら、御船は言った。

「この家の主人である参宮睦夫が殺害されたとのことでした。すぐに近くの派出所から警官が赴き、続いて我々もここに到着しました」

廊下の左側は庭を望む窓が並び、反対側にはドアが並んでいる。やがて廊下は突き当たり、左に曲がった。同じように左側には窓、右側にはドアが続く。

「この家、どうなってるんですか」

生田が訊いた。

「中庭を囲む長方形の建物のようです。庭を廊下が囲み、その外側に二階建てで部屋が配置されている。奇妙な造りですよ」

廊下を直進すると、また突き当たりがある。これを左に曲がると玄関の真向かいになる。しかし御船はそちらには行かなかった。曲がり角近くに下へと降りる階段があったのだ。

「こちらです」

御船に続いて階段を降りると、木製のドアが開いている。その奥に部屋があり、鑑識員や刑事たちが忙しく行き来していた。彼らも御船警部補に続いて部屋に入ってきた景子を見て、一瞬すべての動きを止めた。

「こちら県警捜査一課の京堂景子警部補。そして同じく県警の間宮さんと生田さんだ。よろしく」

御船は場を和《なご》ませるようにできるだけ明るい口調で喋ったようだった。しかし部下たちの動きは止まったままだった。

景子は御船の前に立ち、言った。

「仕事を続けろ」

とたんに彼らは動き出した。

景子の視線は床に落ちた。仰向けになって倒れている男。それが今回の事件の被害者だった。

「参宮睦夫、五十七歳、新栄《しんさかえ》にある参宮貿易という会社の社長です」

御船が報告した。景子は遺体の前にしゃがみ込んだ。額のほぼ中央に穴が開いている。

「銃か……」

「凶器は……おい、あれは？」

御船の問いかけに鑑識員のひとりがビニール袋に入った黒い物体を持ってきた。景子はそれを受け取り、眼の高さに上げた。

「ロシア製マカロフ、サイレンサー付きか。なるほど」

景子は意味ありげに呟くと、御船に言った。

「状況の報告を」

「通報者は家政婦の木下美津《きのしたみつ》、それとこの家に同居している睦夫の長男の嫁が一緒に遺体を発見しています。名前は参宮奈美《なみ》。派出所の警官が駆けつけたところ、睦夫の遺体は現在と同じ状態で床に倒れていました。そして拳銃はそちらの」

と、壁際に置かれたソファを指差し、

「その椅子の後ろに落ちていました」

生田は部屋を見回す。ソファはゆったりとしたデザインの大きなもので、総革張りだった。それと向かい合う位置に大きなラックが置かれ、オーディオ機器が納められている。その脇には巨大なスピーカーセットも据えられていた。

「ここはオーディオルームかね？」

間宮が訊いた。

「正確にはAVルームだそうです。DVDを観るために作ったそうで」

「こんな広い部屋をDVDのためだけに？　すごいな」

生田は感心していた。一般家庭なら二部屋か三部屋作ってしまいそうな広さの空間に置かれているのはAV機器と寛《くつろ》ぐための家具だけだった。

「防音のためもあって地下室にしたようですな。ドアもしっかり防音仕様になっている」

「いや、完全な地下ではない」

景子が言った。

「え？　そ、そうですか」

御船は落ち着かない素振りであたりを見回した。景子はそんな彼に向けて指を差した。御船はその指から実弾が発射されるとでも思っているかのように、身を縮めた。

しかし景子の指先は彼の頭上を差していた。

「そこを」

「へ？」

御船は振り返る。ソファが置かれた側の壁の上方に、細長い明かり取りのような窓が並んでいた。

「あの部分はどうやら中庭に面しているようですが」

「あ、ああ、なるほど。そういうことですか」

御船は汗を拭《ぬぐ》った。

「訂正します。ここは半地下です」

「あの明かり取りは開きますか」

「えっと、どうですかね……おい、誰か確かめたか」

御船の問いかけに答える者はいなかった。

「なんだ、誰も確かめていないのか。参ったな……」

うろたえる御船の額にまたも汗が噴き出てくる。

「ど、どうも手際の悪いことで……なにせまだ到着して間がありませんもので……」

言い訳を続ける御船を無視して、景子は言った。

「生田」

生田はすぐに行動した。ここで「何ですか」などと聞き返しているようでは景子の下で仕事はできない。ソファの背凭《せもた》れに足を掛けて明かり取りを覗き込んだ。ソファは揺らぎもせず生田の体重を支えた。

「開きますね。でも内側から鍵が掛かってます」

「そうか」

頷いてから景子は周囲を見回した。

「そんなに珍しいか」

生田の行動を見ている鑑識員や刑事たちに、氷の弾丸のような言葉が飛んだ。

「仕事の手を止めて見惚《みと》れるほど珍しいことをしているか。それともここにいるのは他人がやっていることが気になって自分のするべき仕事が疎《おろそ》かになるようなプロ意識のかけらもない連中ばかりなのか」

彼女の言葉に心臓を射貫かれた者たちは硬直した。

「突っ立っている暇があったら自分の仕事をしろ。それができない奴は今すぐここから出ていけ！」

氷塊が一変して炎の刃となる。刑事や鑑識員たちは背中の柴に火を点けられた狸さながらに慌てふためきながら仕事に戻った。

「通報者に話を聞けますか」

景子が問いかけると、御船は、

「え、あ、はい、できます」

しどろもどろになりながら答えた。

「上の階に待たせてますんで。どうぞ」

一階の応接室らしい部屋のソファに腰掛けていたのは、四十歳代半ばくらいの女性と二十歳代と思われる女性のふたりだった。年上のほうは小柄でずんぐりとした体型だった。白いトレーナーに茶色のデニムパンツ、その上に青いエプロンをしている。ひどく怯えているようで俯《うつむ》いたまま弛《ゆる》んだ頬の肉を震わせていた。彼女を慰めるように抱きしめている若い女性は、紫のセーターに黒いタイトスカートを身につけていた。ほっそりとした体つきだったが、胸や腰のラインがはっきりとわかる服装なので、その物腰が妙に艶《なまめ》かしく感じられた。

「いつまで待たせるんですか。木下さんを早く休ませてあげてください」

若いほうの女性が非難するような眼で御船を睨みつけた。

「いや、申しわけありません。もう少しの間ご協力ください」

御船は頭を下げる。

「こちら愛知県警の京堂警部補です。もう一度あなたがたが参宮睦夫さんの遺体を発見した経緯をお話しいただけますか」

「さっき話したでしょ。どうして同じことを何度も繰り返さなきゃならないの！」

「いや、ごもっともです。しかし捜査のため、ぜひともご協力ください」

応対は慇懃《いんぎん》なくらいに丁寧だが、相手の意見を聞くつもりが毛頭ないことが露骨にわかる態度だった。景子に対するときとはまるで違う。若い女性は不満そうだったが、言い返すことはなかった。

「被害者のお嫁さんの参宮奈美さんと家政婦の木下美津さんです」

景子にそう紹介すると、彼自身は一歩退いた。後は任せる、という意思表示なのだろう。

「ご心痛お察しします。お辛《つら》いでしょうが事件解決のためにも協力をお願いします」

景子は言った。御船とは逆に物腰はいつもと変わらず冷徹そのもの。しかし口調にはあの凍りつくような冷たさはなかった。

「遺体を発見したのは、おふたり同時ですか」

「ええ、一緒にAVルームに行って見つけました」

若い女性——参宮奈美が答えた。

「木下さんが縛られているのを見つけて慌ててロープを解いたんです。それから——」

「縛られていた？」

「玄関ホールに飾ってある椅子に縛りつけられていたんです。家に帰ってきてそれを見て、わたしびっくりしてしまって」

　木下美津が震えながら呪文のように呟いた。

「怖い怖い怖い……」

「大丈夫よ木下さん、もう大丈夫」

　奈美が子供をあやすように美津の背中を撫でた。

「誰があなたを縛ったのですか木下さん？」

　景子の問いかけに、美津は絞り出すような声で、

「あの男です。変な声の変な男……あいつがわたしを縛って、旦那様も……」

「知っているひとですか」

　美津は大きく首を左右に振った。

　興奮しているふたりから話を聞き出すのは難しかった。それでも景子は根気よく質問を重ね、やっとのことで事件の経緯を知った。

　玄関のインターフォンが鳴らされたのは午後九時過ぎのことだった。そのとき屋敷内には睦夫と美津しかいなかった。

　美津が出ると相手は宅配便だと告げた。こんな時間にやってくるとは非常識な、とは思ったが、門を開け、玄関のドアを開いた。すると全身黒ずくめの男が彼女を押し退けるように

して中に押し入ってきた。

コート、ズボン、手袋、帽子、サングラスすべてが黒。顔を隠すマスクだけが白かった。男は床にへたり込む美津に右手を突きつけた。黒い拳銃が握られていた。

「そのひと、わたしに拳銃を突きつけて『社長どこ？』って訊いたんです。甲高くてへんてこな声でした。あれは絶対に外国人です」

睦夫はAVルームにいると告げると、男は美津を玄関ホールの椅子に座らせた。そしてコートからロープを取り出し、それで彼女を椅子に縛りつけた。身動きできないよう、体中をぐるぐる巻きにされたという。

縛り上げてから男は姿を消した。美津は椅子に縛りつけられたまま、ただ怯えていた。

「わたしが家に戻ってきたのは十時半頃でした。家に入ったら目の前に美津さんが縛られていたものだからびっくりしてしまって……」

急いでロープを解き事情を訊いた。侵入者の狙いが睦夫であることがわかったので、奈美は怯える美津を励ましながらふたりでAVルームに向かった。

AVルームのドアは閉まっていたが、鍵は掛かっていなかった。奈美はドアを開け、倒れている睦夫を発見した。美津は死体を見て悲鳴をあげ、その場から逃げ出した。奈美は睦夫が息をしていないことを確かめると警察に通報した。

「押し入ってきた男は、家の中にはいなかったんですか」

景子の質問に奈美は首を傾げる。

「わかりません。警察に電話してからはずっと美津さんとこの部屋に閉じこもっていました。もしも犯人がまだこの屋敷の中にいたらと思うと怖くてしかたなかったんです。だからわたしたちがここにいる間に逃げ出したかもしれないし、もしかしたら勝手口から逃げてしまったかもしれません」

「勝手口はどこに？」

「玄関とは反対側にあります」

景子の視線が御船に移る。

「え、えっとですね、勝手口のほうはすでに調べております。半開きの状態になっていました」

「じゃ、そこから逃げたんだな」

生田が思わず口を出してしまった。が、すぐに自分の失言に気づいた。

「あ、どうもすみません！　今のはただの憶測でした！」

景子に氷の言葉を浴びせられる前に、彼は自己批判した。

景子は生田には何も言わず、視線を奈美に戻した。

「このお宅に住んでいらっしゃるのは、誰と誰ですか」

「義父と夫の秀秋《ひであき》、わたし、夫の弟の康昭《やすあき》さん、妹の千晶《ちあき》さんに住み込みの木下さんです」

「今日は他の家族のかたは？」

「夫は三日前から仕事でロシアに行っています。帰ってくるのは来週の予定です。康昭さんは会社で残業をしていました。千晶さんは大学のお友達と遊んでいたんじゃないでしょうか。ふたりにも連絡を入れましたから、もうすぐ戻ってくると思いますけど」

「秀秋さんと康昭さんは睦夫さんの会社で働いているのですか」

「はい、義父の仕事を手伝っていました。でも義父はワンマンなひとだったので、夫もほとんど使い走りみたいな仕事しかさせてもらえなくて、細かなことは義父以外誰も知らないんです」

奈美は弁解するように言った。景子はそんな彼女の様子を研究者が実験対象を観察するような視線で見ていた。

「あなたは今日、どこに行っていたんですか」

「わたしは……ちょっと実家に行ってました」

「御実家はどちらですか」

「地下鉄黒川《くろかわ》駅のすぐ近くです。車の運転ができないので地下鉄で行きました」

「どういう用件で？」

「母が体調を崩して寝ているので、そのお見舞いに。わたしを疑っているのですか」

「いえ、一応確認してみただけです」

「犯人は木下さんを縛った男です。そいつを早く捕まえてください」

「わかっています。その男のことなんですが、心当たりはありませんか」

「いいえ、そんな男、知りません」

「睦夫さんは誰かに恨まれていたとか、そういうことは？」

「それは……」

　奈美は言い淀む。

「……義父はいろいろと手広く仕事をしてましたから、もしかして誰かに恨まれるようなことがあったかもしれませんけど、でも詳しいことはわかりません」

「木下さん、その男の特徴をもう一度教えてください」

　美津は覚束ない口調で先程の話を繰り返した。

「では顔は全然見ることができなかったんですね？」

「……はい」

　美津は頷く。

「じゃあ、どうして男だったとわかったんですか」

「それは……男物の服を着てたから……」

「理由はそれだけですか」

「………はい」

「ちょっと待ってください。犯人が男じゃないと仰《おつしや》るのですか」

奈美が言うと、

「可能性はあります。今は予断をできるだけ排除しなければなりません」

応接室のドアが開き、警官が入ってきた。

「参宮康昭と参宮千晶という男女がきました。この家の住人だそうですが、どうしますか」

「こっちに来てもらえ」

御船が言った。

しばらくしてやってきたのは二十歳代後半の痩せた男と、二十歳そこそこらしい背の高い女だった。男は紺色のスーツの上にグレイのコートを羽織り、女は襟《えり》にファーの付いたピンクのコートにブランド物らしいブルージーンズを身につけていた。

「親父が殺されたって、ほんとですか」

男がうろたえた表情で訊いた。髪をきっちり七三に分け、メタルフレームの眼鏡の奥から神経質そうな視線を送っている。彼が参宮家の次男、康昭なのだろう。

「残念ですが本当です。今、捜査をしているところですよ」

　御船が答えた。

「どうして？　誰に殺されたのよ？」

　女のほうが甲高い声で御船に詰め寄る。こちらが娘の参宮千晶だ。栗色に染めた髪を縦ロールに巻いている。典型的な名古屋嬢といったところだ。

「まだ犯人は特定できていません。どうか犯人逮捕にご協力願います」

「そんなの、わかるわけないわよ！　誰がパパを殺したっていうのよ！」

　千晶は金切り声で喚《わめ》く。

「わかんない！　あたし、なんにもわかんない！」

「千晶さん……」

　美津から離れた奈美が近づくと、千晶は彼女に縋《すが》りついた。

「お義姉さん、怖い……どうして？」

「大丈夫、怖がらなくても大丈夫よ」

　奈美は千晶の肩を抱きしめた
「申しわけありませんが、おふたりにも遺体を確認していただけませんか」

御船が言うと、

「この子にまであんな酷《むご》いものを見せようって言うんですか。酷《ひど》すぎます！」

奈美が抗議する。御船は当惑気味に、

「いや、しかし――」

「俺が確認します」

康昭が割って入った。

「俺ひとりの確認でもいいでしょう？　妹はそっとしておいてやってください」

御船は困ったような顔で景子に眼を向けた。判断を仰ごうというのだろう。景子が頷いたので、御船は警官に康昭を連れていかせた。

「千晶さん、でしたね。今日はどちらにいらしていたんですか」

残った千晶に景子が尋ねた。

「大学よ。講義を受けた後、友達と栄のラシックに行って服を買って、それから御飯を食べてカラオケに行ってたわ」

奈美にしがみついたまま千晶は答えた。

「では、ずっとお友達と一緒だったのですか」

「そう、お義姉さんから電話がかかってくるまで、ずっとミサキやサトミと一緒」

景子は千晶と行動を共にしていた友人たちの名前と連絡先を聞き出した。

「刑事さん、それ、どういうことですか。まさか千晶さんまで疑っているんですか」

奈美が不服そうに言うと、

「えー？　あたしが疑われてるの？　そんなのってひどい！」

千晶が喚きはじめた。

「ひどいひどい！　そんなのってないわよ！」

対する景子は表情ひとつ変えなかった。

「これは殺人事件の捜査です。手抜かりは許されない」

「だってえ、どうしてあたしが――」

「あんたが犯人だとは言っていない」

ひゅう、と凍てつく風が吹いた。景子の語調が室温を急激に下げたのだ。

「亡くなったひとを悼《いた》む気持ちがあるなら、捜査に協力してもらいたい」

高圧的な言葉遣いではなかったが、相手を身震いさせるには充分だった。

康昭が戻ってきた。眼を真っ赤に充血させている。

「誰が……誰が親父をあんな目に……畜生！」

「お気持ちはお察しします。犯人は必ず見つけ出しますから、協力をお願いします」

景子は言った。

「……お願いします」

康昭は頭を下げ、そのまま泣きだした。

彼が泣き終わるのを待って、今夜の行動を聞き出した。康昭は朝から会社に出勤し、奈美が連絡してくるまでずっと仕事をしていたと証言した。

「ロシアにいる兄貴から、どうしても商談に必要な書類を明日中にメールしてほしいと言われたので、部下と一緒にそれを作成していました。彼らは今でも会社にいるはずです」

「わかりました。ところでお父さんを殺害した犯人について心当たりはありませんか」

「……ありません」

康昭は首を振った。

「本当ですか」

「親父は強引なところのある人間でしたが、殺されるほど恨まれているとは思えません。強盗か何かの仕業じゃないんですか」

「犯人は木下さんに睦夫《やす》さんの居所を聞き出しています。お父さんに会うことが目的だったと考えられます。強盗の遣り口とは考えにくい」

「でも……」

「それに殺害に使われた凶器が気になります」

「凶器？」

「マカロフです」

その名前を聞いた瞬間、康昭の表情に変化があった。

「ご存じですね。ロシア製の拳銃です。最近は日本にも密輸品として持ち込まれ、あちこちの暴力団に流れている代物です」

「しかしそれが、どういう――」

「あなたがたの会社はロシアとの貿易が主な業務でしたね？」

「あんた、まさか……おい、いい加減にしてくれよ」

康昭の口調が一変する。

「俺たちが拳銃の密輸に関係してるって言うのかよ⁉」

「先月、名古屋の水上警察がロシアに向けて出航しようとした貨物船を検問して、船内から盗難車を数台発見しました。どれも名古屋市内で盗まれたものでした」

景子は言った。

「背後に暴力団が関係する密輸ルートが存在すると見て、現在捜査が進んでいます。その件であなたがたの会社にも係員がお邪魔したと思うのですが？」

「そんな……そんなことって……義姉さん、本当にそんなことあったの？」

康昭は奈美に訊いた。奈美は首を振る。

「知らないわ。聞いたこともない。きっとお義父《とう》さまが警察のこともひとりで引き受けてたのよ。秀秋にも康昭さんにも、何も言わないひとだったから」

「では、何も知らないと？」

「知りません」

奈美はブリザードのような景子の視線に対抗するように言った。

3

その後も参宮邸の捜査は続いた。しかし拳銃以外に犯人の遺留品らしきものはなく、屋敷を出てからの足取りも摑めなかった。

やがて空が明るんできた。

「あーあ、完徹かあ」

生田は窓越しに空を見ながら眼をこすった。

「一旦引き上げましょうか」

御船が景子に進言する。

「……そうだな」

彼女も素直に頷く。その言葉を聞いて生田は内心ほっとした。

景子たちは中庭を見渡せる大きな窓の前にいた。彼らが最初に現場に向かったときには通らなかった、玄関から向かって左側にその窓はあった。こちらは廊下がなく、和室が続いている。

「庭はこっちから眺めるようになってるんですねえ……あれ？」

生田は声をあげた。中庭に作業服姿の男が現れたのだ。

「あれは誰だ？」

景子の問いかけに答えられるものはいなかった。

「部外者か、まずいな」

御船が窓を開け、男に声をかけた。

「おーい、ここに入っちゃいかん」

男は首を傾げながらこちらに近づいてきた。五十年輩のがっしりとした体つきをしている。

男は言った。

「今日は約束の日でしょ。駄目なんですか」

「約束？　何の？」

「庭の手入れですよ。朝一からやるように一カ月前から言われてたんですが、何かあったんですか」

「何かじゃない。門のところに警官が立っていただろうが」

「いやあ、誰もいませんでしたよ。門も開きっぱなしになってたんで、勝手に入らせてもらいましたけど」

「何だと⁉　あいつらサボってるのか！」

御船は慌てて玄関に飛んでいった。

「いつもこの庭の手入れをしているんですか」

景子が尋ねると、

「はい、親の代からお世話になってます」

男は答えた。

「この庭は死んだ親父の自慢だったんですよ。何年もかけて世話してきましたからねえ。去年死んじまいましたが。でも、親父が生きてたら怒ったろうなあ」

「なぜ？」

「庭の松の木が酷い目に遭ってるんですよ。どうしてあんな伐《き》りかたしたんだろうねえ」

「切られているんですか。どれが？」

景子は庭に下りた。生田も間宮も彼女についていく。

「これですよ。酷いでしょ」

庭師が指差したのは大きな松の木だった。たしかに枝を切り落としたらしい痕跡が残っている。景子はその切り口を確かめてから、

「生田、木下さんにきてもらえ」

と命じた。生田はすぐに美津をつれてきた。

「お休みのところを申しわけありません」

「いえ……眠れませんでしたから。何でしょうか」

「今日は庭師さんが来ることになっていたんですか」

景子の傍らに立つ庭師が頭を下げる。

「ああ、そうでした。今日の予定でした」

「一カ月前から言われていたそうですが」

「旦那様がそう指示されたんです」

「なるほど。ところでこれを見てほしいんですが」

景子は松の枝の切り口を指し示した。

「誰が切ったのかわかりますか」

「はい、旦那様です」

「睦夫さんが？」

「はい、ご自分で鋸《のこぎり》を使って」

「いつ頃のことですか」

「そう……一週間くらい前でしょうか」

「一週間前……もうすぐ庭師が手入れにくるのがわかっているのに、自分で枝を切ったんですか。なぜ？」

「……わかりません。でもたしかに変ですね。枝が気になるようなら庭師さんがきたときに頼めばよかったのに」

「俺は頼まれてもやりませんでしたよ」

庭師が憤然とした表情で言った。

「親父が丹精込めて手入れしてきた松なのに、こんな大事な枝を払うなんて、絶対にできません。おかげでこの松、台無しだ」

たしかに枝振りのバランスが崩れ、不格好になっていた。

「どういうことだ？」

景子は呟いた。

「参宮睦夫は、なぜ庭師に頼まなかった？」

考え込むように周囲を見回す。松の木は中庭の端、つまり屋敷のすぐ近くに植わっていた。屋敷の下のほうに視線を向けた景子の表情が変わった。

「これは……」

「どうしました？」

生田が訊く。景子が無言で指差した。見ると建物の下のほう、足許に近いところにガラス窓が並んでいるのが見える。生田は身を屈め、そのガラス窓を覗き込んだ。

「現場ですね」

「そう、AVルームの明かり取りだ。ここは殺人現場の近くということだ」

4

「京堂さん、どこに行ったんでしょうね？」

生田は焦《じ》れていた。

「考えをまとめてくるとか言って、そのまんまですよ。どうするつもりなのかなあ」

「もうみんなを帰したいんですけどねえ」

御船も苛々《いらいら》しているようだった。空はすっかり明るくなっている。

「あ、戻ってきたぞ」

間宮が指差した先に景子の姿があった。

「……あれ？」

生田は首を傾げた。

「どうした？」

「今、京堂さんが笑ってたみたいな……」

「景ちゃんだって笑うときはあるわな」

「でも、今まであんな顔をしてるの見たことが……なんだか妙に女っぽいような……」

「何だと？」

間宮も眼を凝らした。

彼らの前までやってきた景子は、しかしいつもどおりの冷徹な表情だった。

「捜査のやり直しだ」

「え？」

「屋敷内すべての部屋を一から徹底的に調べ直す。証拠が消されないうちにな。屋敷の住人全員を応接室に集めておけ。それと生田」

「あ、はい」

「もう一度家政婦の木下美津を呼んでこい。わたしはＡＶルームにいる」

てきぱきと指示すると、景子は屋敷に戻っていった。

「……やっぱり眼の錯覚だったかな？」

生田は首を捻《ひね》った。

「一からやり直し？　冗談だろ……」

御船は疲れた声で呟きながら景子の後に続いた。

生田が美津を連れてＡＶルームにやってくると、景子はソファの背凭れに足を載せて明かり取りから外を見ていた。

「屋敷内の捜査を続けろ」

生田にそう指示すると、景子は明かり取りを指差しながら美津に質問した。

「あれは誰の部屋ですか」

どこのことを言っているのか生田にはわからなかったが、ぐずぐずしていると景子の叱責が飛ぶのがわかっている。彼はＡＶルームを飛び出した。

三十分後、捜査を終えた生田が応接室に入ると、程なく景子も姿を現した。

「一体どういうことなんですか。俺たち疑われてるんですか」

康昭が苛立ちを隠しきれない様子で言った。景子は答える。

「そのとおり。わたしはあなたがたを疑っていた」

「ひどおい！　わたしたち、パパを殺されたのよ！」

千晶の抗議を無視し、景子は続けた。

「この事件でわたしが不可解に感じたのは犯人の行動だった。なぜ木下美津さんを玄関ホールの椅子に縛りつけたのか。なぜ証拠となる凶器の拳銃を放り出して逃げたのか。そしてなぜ奇妙な甲高い声をしていたのか。だが捜査を続けていくうちに、もっと不可解なことが判明した。犯人ではなく被害者である参宮睦夫氏自身の行動だ。なぜ彼は庭師に頼まず自分で松の枝を切ったのか」

景子は一旦言葉を切り、自分を見つめている人々を見回した。生田は直感した。景子には謎が解けたのだ。

「切られた松は犯行現場であるAVルームのすぐ近くにあった。明かり取りの窓から外を覗いてみればすぐにわかるが、ちょうどその松が視線を遮る位置にある。だが枝を切ったことによって、一部が見通せるようになっていた。そこから見えたのは中庭を挟んだ屋敷の向かい側、その二階の窓だ。木下さんに訊くと、その窓は秀秋夫妻の部屋のものだった。正確に言えば妻の奈美さんの個室だ」

　全員の視線が奈美さんに集まった。彼女は何も言わず景子を見つめている。

「もうひとつ、木下さんに尋ねたことがある。昨日、奈美さんは黒川の実家に帰っていたと証言した」

「嘘だと言うんですか」

　奈美の反論に、景子は首を振る。

「実家には確認済みだ。あなたが黒川に行ったことは間違いない。木下さんに訊いたのは、あなたが実家に行ったことを誰が知っていたかということだった。知っていたのは彼女だけだった。義父、つまり睦夫氏には実家に言っていることを内緒にしておいてくれと頼んだという。間違いないですか」

「わたしが実家に入り浸ることを義父があまり喜んでいませんでしたから、黙っていてもらったんです。でもそれが何か？」

「睦夫氏があなたの不在を知らなかったということが重要なんだ。彼は家にいるものと思い込み、いつものようにＡＶルームの明かり取りから覗いていた。あなたの部屋をね。

　しかしあなたはすでに実家から帰っていた。そして密かに変装をして中庭に入り、睦夫氏が窓を開けるのを待った。彼がそうやって覗き見していることを以前から知っていて、いや、そう仕向けたのかもしれない。カーテンを閉めずに着替えをするとかしてね。ともあれ、睦夫氏は窓から顔を見せた。あなたは彼の額に銃を突きつけ、撃った」

「嘘です」

「それからあなたは玄関にまわり、宅配便を装って家に押し入った。声が甲高かったのは、おそらくヘリウムガスなどをあらかじめ吸っておいて声を変えたのだろう。あなたは睦夫氏の居場所を訊いてから彼女を椅子に縛りつけた。木下さんが玄関ドアを向いたまま動けなくすることが目的だった。それからAVルームに銃を置いて変装を解き、勝手口から外に出て、もう一度玄関から中に入り、縛られている木下さんを『発見』した。彼女を玄関に向かせて縛りつけておいたのは、自分が家に『帰宅』する姿を見せるためだった。縄を解いたあなたは彼女と一緒にAVルームで睦夫氏の遺体を『発見』し、木下さんが逃げ出した後で明かり取りの窓の鍵を掛けた。これが犯行の顚末《てんまつ》だ」

「全部でたらめです！」

　奈美は叫んだ。

「わたし、やってません！　証拠がないわ！」

「証拠ならある」

　景子が生田に眼を向けた。生田は先程納戸で見つけてきたものを差し出した。黒いコートやズボンだ。景子はそれを受け取るとポケットを探った。中から出てきたのは萎《しぼ》んだ風船だった。

「これにヘリウムガスを詰め込んでおいたのか。だとしたら吸い込むときに唾液が付着しているはずだな」

奈美の顔色が変わった。

「それに奈美さん、あなたは硝煙反応という言葉を聞いたことがないか。銃を撃てば、必ず痕跡が残る。たとえ変装の服を着ていても、マスクやサングラスで覆っていても、露出した顔や手首に残っている痕跡を検出することは可能だ」

奈美は思わず自分の手首を覆った。

「認めるか」

景子の問いかけに、奈美はうなだれた。

5

「なぜ奈美は睦夫を殺したんでしょうね？」

御船が質問する。

「拳銃密輸の罪を彼ひとりに背負わせるためでしょう」

景子は答えた。

「もしかしたらロシアに行っている彼女の夫が密輸の主犯かもしれない。彼女がマカロフを持っていたことからしても、可能性は高い」

「ではこの殺人計画は秀秋の発案ですか」

「そう判断しています。自分には完璧なアリバイを作っておいて、女房に実行させる。卑劣な人間です。それと康昭と千晶も疑ったほうがいい。共同謀議の可能性があります」

「奈美が逮捕されたことを知ったら、ロシアから帰ってこないかもしれませんね」

「そちらの件に関しては別の部署が動いています。絶対に逃がしません」

「もちろんです。いやしかし、素晴らしい解説でしたよ。さすが捜査一課のカミソリ女……いや、敏腕刑事だけのことはありますな」

御船の追従《ついしょう》に、景子はいつもと変わらない表情で言った。

「当然です。わたしは信じていますから」

「信じるって、何をですか」

「わたしの一番の宝物を」

景子の宝物……一体何のことだろう。生田にはわからなかった。もしかしたらそれが彼女をあんな風に微笑ませたのか……いや、あれはきっと見間違いだ。氷の女京堂景子に限って、あんな顔をするわけがない。生田は自分の想像を振り払うように首を振った。

出勤当時の服装は？

1

庄内川《しょうないがわ》水系河川のひとつである香流川《かなれがわ》は、長久手《ながくて》から名東区《めいとう》に入り千種区の千代田《ちよだ》橋近くで矢田川《やたがわ》と合流する全長五キロほどの典型的な都市河川である。護岸工事により川縁はコンクリートで固められているが、川に沿って緑道が整備され、名古屋の桜名所のひとつとなっている。

その桜も満開の時期を過ぎ、瑞々しい緑に主役の座を明け渡した四月二十日の午前六時、近くに住む垣内拓夫《かきうちたくお》六十一歳は愛犬トラジロウ十二歳を連れて香流川緑道を歩いていた。

柔らかな春の陽差しを受けて鮮やかに広がる葉桜の下、すでに老犬の域に入ったトラジロウのゆっくりとした歩みに合わせて歩いている垣内の心の中は、しかしどす黒い怒りと殺意に溢《あふ》れていた。

三十五年勤めあげた会社を昨年定年退職した彼は、悠々自適の身となった後もサラリーマン時代と同じタイムスケジュールで生活を続けていた。朝五時に起き、朝食を摂り、六時前に家を出ることを日課としていたのだ。もちろん家を出ても会社に出かけるわけではなく、ただトラジロウと散歩をして帰ってくるだけなのだが、それでも長年続けてきた習慣を変えたくなかった彼にとっては、ぎりぎりの妥協だった。

彼の妻は夫の頑《かたく》なすぎる生活態度に呆れ、もう会社は辞めたのだからそんなに早起きしなくてもいいでしょうと諫《いさ》めたのだが、垣内は受け入れなかった。彼にとって生活習慣とは絶対に変更を許されないものだったからだ。そして当然妻も同じような生活を共にするものと信じて疑わなかった。いや、それ以外の可能性について考えることさえしなかった。彼にとってはあまりにも当たり前のことだったからだ。

しかし妻は早起きを拒否した。それどころか彼の定年から一年となる一昨日、急に荷物をまとめて家を出ていってしまった。後に残されていたのは彼が捺印《なついん》するだけの状態になっている離婚届だった。

垣内は愕然とした。朝食はどうなるのだ。洗濯は？　掃除は？　トラジロウの餌《えさ》は？　風呂は誰が沸かすのだ？

長年の習慣を続けるために最も必要な存在であった妻を失い、彼の精神状態は危機に瀕した。彼自身は決して認めようとしなかったが、彼は生活習慣を変えないことで職を失ったという事実を自分自身から隠蔽しようとしていたのだった。今、それが完全に御破算になってしまった。たった二日、妻のいない生活を経験しただけで、垣内は自分が家の中のことは何ひとつできない無能者であることを思い知らされた。彼は困惑し、苦しみ、嘆き、そして怒った。隠しておきたかった己の真の姿を暴《あば》いた妻の行為が許せなかった。

妻の行先は知っている。彼女の姉の家だ。夫を亡くして独り暮らしの義姉は未亡人という立場にもかかわらず、やれ旅行だの何だのと遊び歩いていた。きっと妻は義姉に良からぬことを吹き込まれたに違いない、と垣内は思った。

昔から義姉のことは嫌っていた。謹厳実直であることを信条とする垣内のことを面白味のない朴念仁《ぼくねんじん》だと馬鹿にしていたのだ。これまで義姉から言われた言葉のひとつひとつを思い出すと、それが窯《かま》にくべられる薪《たきぎ》のように彼の怒りを勢いづかせた。

許せん。妻も義姉も絶対に許せん。あいつらふたりとも、殺してやる。

怒りが彼の手を震わせ、手の中の引き綱を震わせた。散歩から戻ったら台所の包丁を持って義姉の家に行こう、と決めた。あの愚かなふたりの女に、思い知らせてやるのだ。今に見ていろ。思い知らせてやる。そして俺も……。

と、そのとき、彼の手の中にあった引き綱が急に引っ張られた。それまでゆったりと歩いていたトラジロウが歩道から外れて川岸のほうへ行こうとしたのだ。垣内はトラジロウを戻そうと綱を引き返したが、老犬とはいえ体重二十キロを超すトラジロウが本気で力を出せば、垣内に制御しきれるものではない。

「何なんだ、一体？　こら、トラジロウ！」

怒りの声をあげながら引きずられる垣内は、トラジロウが目指しているものを川沿いの歩道に発見した。

結果的に言えば、これが垣内を救うことになった。トラジロウが引っ張らなければ彼はそのものの存在に気づくことなく通りすぎ、本当に包丁を手にして義姉の家に押しかけたかもしれなかったからだ。この瞬間、垣内が殺人者となる可能性は失せた。

人間なのか人形なのか、わからなかった。人の形をしたものが俯《うつぶ》せの状態で横たわっているのだ。

花柄の、やけに派手な服を着ていた。ワンピースらしい。ということは女性なのか。しかしスカートの部分から伸びている足、あのもやもやとした黒いものはどう見ても脛《すね》毛のようだが……と垣内が訝《いぶか》しむ間もなく、トラジロウはずんずんと護岸の斜面を下りていく。

髪は金色だった。一瞬外国人かと思ったが、最近ではその手の色に髪を染めている日本人も少なくはない。垣内の妻も一度、美容院で髪を赤く染めてきたことがあった。年甲斐もないことはやめろと怒ったのですぐに染め直してきたが、思い起こせばあの頃から妻は自分に反抗的になってきたような気がする、と失せかけていた妻への怒りが蘇りそうになったが、歩道に転がるものが人形ではないと気づいたとき、その怒りも霧散した。

金色の髪の間から、顔が見えたのだ。それは眼を見開いたまま、微動だにしなかった。

垣内は悲鳴をあげた。ただ倒れているのではなく、それが死人だとわかったからだ。なおも近づこうとするトラジロウを必死に引っ張り、逃げようとした。しかしトラジロウは主人を引きずって遺体に近づき、金髪のあたりを嗅ぎまわった。鼻先が髪をつつき、その弾みでするりと剝《は》がれた。

垣内はまた悲鳴をあげた。引き綱を放し、護岸を駆け上がって逃げ出した。

主人がいなくなった後も、トラジロウは遺体を嗅ぎまわった。彼は遺体の一部分がとても気になる様子で、特にそこを念入りに嗅いでいた。

遺体の鼻の下に生えている、黒々とした髭を。

2

「――つまり、その遺体は女装した男だった、ってことだね？」

妻の湯飲みに新茶を注ぎながら、新太郎は訊いた。

場所は京堂夫妻の部屋のダイニングキッチン、時刻は午前二時。今日も捜査で午前様となった景子のために、ちりめんじゃこを使ったパスタに温野菜のサラダという夜食を作って食べさせた後のことだった。

「そういうこと」

景子は茶を一口啜ってから答えた。

「着てたのは白地に赤や黄色のハイビスカスが咲き競うド派手なプリント柄のワンピースでね、穿いてた下着も女性用だったわ」

「上は？　その……ブラとか」

「してなかった。身につけてたのはワンピースと馬鹿でかいピンクのパンティだけ」

「ストッキングとか靴とかは？　それと化粧は？」

「サイズが二十六センチの赤いパンプスが遺体近くに転がってたけど、ストッキングは穿いてなかったわ。化粧もなし。すっぴんだったわよ。もしかして新太郎君、女装とかに興味あるの？」

「ないない、全然ないよ」

新太郎は即座に否定する。

「そお？　でも新太郎君なら似合うと思うけどなあ。可愛くなりそうだし」

本気か冗談かわからない表情で景子が言う。妻の興味が危ない方向に向かいそうなのを察知したのか、

「そんなことよりさ、遺体の身許はわかったの？　夕刊の記事じゃ、まだ身許不明って書い

てあったけど」

　と、新太郎は話題を戻した。

「所持品がひとつもなかったから苦労させられたけど、やっとわかったわ」

　景子は言った。

「菅尾《すがお》昌也《まさや》三十九歳。住所は名古屋市中区上前津《かみまえづ》、中村区にある橋田鋼業ってステンレス鋼材を扱う会社で経理担当の部長をやってたんだって」

「ステンレスの会社で経理担当か。イメージだけだと、かなり堅そうなひとだね」

「社内での評価もそのイメージどおりだったわ。石部《いしべ》金吉《きんきち》って知ってる？」

「知らない。誰それ？」

「実在の人間じゃなくて、頭が固くて真面目で融通の利かない人間の綽名《あだな》なんだって。菅尾昌也は社内でそう呼ばれてたみたいよ。そんな人間が殺された、しかも女装で見つかったっていうんで、会社は大騒ぎになってたわ」

「そういう趣味はないひとだったの？　真面目であることと女装趣味があることとは矛盾しないと思うけど」

「今まで捜査したところでは、そんな要素は皆無ね」

「そうかあ……あ、そう言えば死因のことを聞いてなかったな。新聞には首を絞められてたって書いてあったけど」

「そう、素手で扼殺《やくさつ》されたのよ。発見されたのが二十日の午前六時過ぎだったけど、死亡推定時刻は前日十九日の午前八時から十二時の間ってことだったわ」

「十九日の午前中か……その日の菅尾さんの行動は？」

「いつもどおり朝の七時半に家を出てるわ。奥さんだけでなく、隣の家の主婦もその時刻に玄関から出てくる菅尾さんを見てるから、まず間違いないと思うけど。でも会社には行ってないの。連絡もなし。社内じゃあの菅尾部長に限って無断欠勤なんてあり得ない、きっと事故に遭ったに違いないって騒ぎになったみたい。奥さんも心当たりがないってことで心配になったらしくて、十九日の夜には捜索願いが出されてるの」

「十九日の朝、出勤するときの菅尾さんの様子は、どうだったんだろう？」

「いつもと変わらなかったって奥さんは言ってたわ。ただちょっと機嫌が悪そうだったってことだけど」

「機嫌がねえ……ところで、菅尾さんが出勤したときの服装は？　まさか女装で出ていったわけじゃないよね？」

「まさか。いつも着ているグレイのスーツだったそうよ。ただ……」

「ただ？　思わせぶりな間の取りかただね」

「そんなつもりはないんだけどね……ちょっと変なのよ。菅尾さんが着て出かけたはずのスーツが、会社にある彼のロッカーに入ってたの」

「ロッカーに？　どういうこと？」

「それがわかんないのよ。あの会社では社員ひとりひとりにロッカーが与えられてるのよね。で、うちの生田が会社に出向いて被害者のことを聞いてたときにロッカーの話が出て、もしかして何か手がかりになるようなものがあるかもしれないからってことでロッカーを開けてみたら、スーツとシャツとネクタイ、下着に靴下に靴までひと揃《そろ》え全部詰め込まれてたってわけ」

「それ、本当に菅尾さんがその日着ていった服なの？」

「奥さんに確認してもらったら、間違いなくそうだって。菅尾さんは下着や靴下からスーツに至るまで全部、奥さんが用意したものを何も言わずに着てたそうよ。だから奥さんにはその日に着ていたものだってことがわかるわけ」

　景子はそう言ってから、

「もっとも、奥さんが嘘を吐いてなければ、だけどね」

「奥さん、疑わしいところがあるの？」

「そう断言できるわけじゃないわ。ただ、旦那が殺されたっていうのに、そんなにショックを受けているように見えなかったの。旦那が女装してたってことに関しては、心底驚いてたみたいだけどね」

「夫婦の間がうまくいってなかったのかな？」

「どうでしょうね。今そのあたりのことも調べてるところだけど。それにしても、どうして菅尾さんが出勤のときに着ていったはずの服が会社にあるのかしらね？　一番妥当な考えかたは、彼が会社で女性の服に着替えたってことだけど……駄目駄目、そんなの、全然妥当とは思えないわ」

「もし菅尾さんに密かな女装趣味があったとしても、わざわざ会社で着替える必要はないものね。でも、妥当かどうかは別として、こっそり会社にきて、服を着替えて出ていくってことは可能なのかな？」

「不可能ではないみたいよ。ロッカーのある部屋は少し離れたところにあって、出勤と退勤のとき以外は、ほとんどひとが出入りしないそうだから」

「なるほどね……」

新太郎は頷きながら宙を見ている。何かを考えているようだ。

「どう？　何か思いついた？」

景子が訊くと、新太郎は視線を妻に戻して、ふっ、と微笑んだ。

「まだ全部わかったわけじゃないけど、取っかかりは見えたような気がするよ」

「どんな？　ねえ、どんな？」

景子は身を乗り出す。

「まあまあ落ち着いて。明日、橋田鋼業の社員を調べてみてよ」

「全員？」

「いや、たぶんひとりでいいと思う。十九日に遅刻してきたか、午後から出勤してきた社員……たぶん、女性かな。そのひとに訊いてみてよ、どうして菅尾さんの服を会社に持ち込んだのかって」

3

その女性の名は大内里佳《おおうちりか》といった。小柄でほっそりとした体つきをしているが、ブラウスの胸のあたりは結構豊かなようだった。大柄でずんぐりとした体型だった菅尾の妻とは、ずいぶんと印象が違う。

取調室という一般人にとっては異常な環境の中に置かれ、相当な精神的負担を強いられているのだろう、里佳は哀れなほど緊張し、体を強張らせていた。

しかも運の悪いことに、彼女の相手をしているのは、ただの刑事ではなかった。プロの窃盗犯や暴力団関係者でさえ、一瞥《いちべつ》を浴びただけで狼《おおかみ》を前にした小動物のように射竦《いすく》められ何もかも自供してしまうと言われる、県警捜査一課の京堂「氷の女」景子警部補だったのだ。

「大内さん、あなたが菅尾さんの衣服を彼のロッカーに持ち込んだ。そうですね？」

景子はもう一度問いかけた。女性相手なので多少は抑制していたが、彼女の凍った剃刀《かみそり》のような鋭く冷たい声は里佳の心臓を容赦なく直撃したようだった。里佳は胸を押さえて怯え、頬を涙が伝った。

「……わたし……わたし……」

蚊《か》の鳴くような声で繰り返す。潤んだ大きな瞳にぷっくりとした唇は妙に蠱惑《こわく》的で、これならどんな堅物でも血迷ってしまうかもしれない。しかし今、彼女が対している相手が女の涙くらいで手加減をするわけがなかった。

「十九日の朝、あなたは会社に電話をして『熱っぽいので病院に寄ってから出勤する』と告げた。そして会社に出勤してきたのは午前十一時十四分。これはあなたのタイムカードに刻印されているから間違いない。その日、遅刻して出勤してきたのはあなたひとりだ。もうひとつ、あなたが男性社員のロッカールームのほうから出てくるのを見かけた社員がいる。女性社員のロッカールームは正反対の位置にあるから、そちらからあなたが出てくることは普通は考えられない。あるとしたら男性用ロッカールームに用事があったということ。そうですね？」

「…………」

「そうだな？」

鋭く尖った言葉の槍が里佳を貫いた。

「……わたし、何も悪いことしてません！」

顔を手で覆い泣きはじめた。その様子を同席している生田刑事や間宮警部補は痛ましそうな表情で見つめている。情け容赦なく攻められる里佳の姿が、いつもの自分たちのそれに重なるのかもしれない。

しかし景子は、表情ひとつ変えなかった。

「菅尾とは、いつから付き合いはじめた？」

泣きじゃくる里佳に対しても冷たい態度を崩さない。

「質問に答えなければ、いつまでもこうしていることになる。根比べしようとしても無駄だ。わたしは気が長い」

嘘だ、と生田の唇が動いた。幸いなことにその唇の動きは景子には見えなかった。

「……去年の、秋頃から、です」

涙にくぐもった声で、里佳が話しはじめた。

「社員旅行で伊豆の温泉に行ったとき……でも、わたしから誘ったんじゃありません。部長が強引に……」

「どちらが仕掛けたかなんてことは、どうでもいい。ふたりの関係は、ずっと続いていたのか」

「……はい。でも最近は……」

「うまくいかなくなっていたんだな？　理由は？」

「それは……部長が、だんだん耐えられなくなってきたって……」

「あなたに？」

「違います！　こういう、不倫をしているって状況に耐えられなくなってきたって言ったんです。あのひと、根はすごく真面目だから、こういうのは間違ってるって……」

「それで彼のほうから別れようと言いだしたのか」

「……はい」

「あなたは同意しなかったんだな？」

「だってわたし……部長のこと、好きだったし……でも部長、奥さんと別れる気はないって……だから……」

「だから殺したのか」

生田が言った。そしてすぐに自分の口を塞いだ。恐る恐る視線を移すと、景子が彼を見つめていた。太陽さえ氷結するほどの冷たい視線だった。生田は心臓発作を起こしたように自分の胸を押さえた。

「違います！　わたし、殺してません！」

里佳が叫んだ。

「わたし、部長を殺してなんか……ただ、わたしを捨てようとする部長を懲《こ》らしめてやりたくて……」

景子が訊く。

「十九日、出勤前に会おうと言ったんだな？」

「会ってくれなければ奥さんにふたりの関係をばらす、とでも言ったのか」

里佳は口を噤《つぐ》んだ。どうやら図星《ずぼし》だったようだ。

「どこで会った？」

「新栄のエスメラルダってホテルで……」

「何をした？」

「何って……えっと……」

「セックスのことなんか訊いてるんじゃない。それ以外のことだ」

「部長がシャワーを浴びてる間に、彼の服を全部持って出ていったの。それだけです」

「それだけ？　代わりに着替えを置いていったんじゃないのか」

「……はい、女性用のワンピースと下着と、それからウィッグも」

「菅尾が着られるほど大きな服を持っていたのか」

「いいえ、たまたまお店で大きいサイズの服を見つけて、これなら部長でも着られそうだなって思って」

「それでこの悪戯《いたずら》を思いついたのか」

「はい。前に部長とホテルでした後にテレビを観てて、女装趣味の男のひとたちが出てきたんです。そのときに部長が『あんな格好をしたがる奴の気持ちが理解できない』って言ってたのを覚えてて、もしも自分がそうするしかないってことになったとき、どうするだろうかなって思ったんです。それでそのワンピースと、他にブラとパンティを買って、ウィッグはパーティーグッズを売ってる店で買いました」

「念の入った嫌がらせだな。シャワーを浴びて戻ってきたら、女が自分の服と一緒に消えていた。残っているのは女性用の服だけ。裸のままホテルのフロントに助けを求めるか。それとも女装して外に出るか、菅尾さんは二者択一を迫られたわけだ」

景子は言った。

「ところで、持ち出した彼の服を、どうしてわざわざロッカーに入れた？」

「返すのが面倒だったから。直接渡したくなかったし、捨てるのも煩《わずら》わしかったから、そのまま彼のロッカーに入れちゃったんです」

「なんとまあ……」

それまで黙っていた間宮が呆れたような声を漏らす。しかし彼も、それ以上は口を出さなかった。その場を取り仕切っているのが景子であることを、重々承知していたからだ。

「でも信じてください、それだけなんです。わたし、部長を殺したりなんかしてません」

里佳は必死に訴えた。

「わたし、部長のことが好きだったんです。だから別れようと言われて悲しくて辛くて腹が立って、それで嫌がらせしちゃったんだけど、それ以上のことはしませんでした。本当です」

景子は泣きながら訴える里佳を冷たい視線で見つめていたが、不意に、

「ホテルで何か変わったことはなかったか」

と訊いた。里佳は虚を衝かれた様子で、

「……え？　変わったことって……？」

「菅尾の態度とか、いつもと違うようなことはなかったか」

「それは……機嫌、悪かったです。出社前にこんなことさせられて、って。でも、ちゃんとしてくれたけど」

「他には？」

「他って……わかりません」

「菅尾の服を持ってホテルを出て以降、彼には会っていないんだな？」

「もちろんです。そのまま会社に行って、そしたら部長が出勤していないってみんなが騒いでて、最初は『ざまみろ』とか思ってたんだけど、そのうちだんだん怖くなってきて……でもまさか、殺されちゃったなんて……」

里佳は俯き、また泣きはじめる。しかし景子は質問を続けた。

「ホテルを出たのは何時頃だ？」

「…………」

「言えないのか。言いたくないのか」

「……十一時、ちょっと前です」

「真っ直ぐに会社へ行ったのか。寄り道なしで？」

「はい、地下鉄で一本ですから」

菅尾と里佳が密会したのが新栄のホテルで、彼らの勤め先が中村区本陣《ほんじん》にある。その間は地下鉄東山線で繋《つな》がっていた。

「会社には何時までいた？」

「五時の定刻に帰りました」

「菅尾のことは、どうするつもりだった？　連絡は取ったのか」

「いえ……ケータイもスーツの中に入ったままだったから、こっちから連絡は取れなかったし、それに、どうしたらいいのかわからなかったから、連絡もできなかったんです。そしたら次の日、部長が……」

　また泣きはじめた。景子は表情こそ変えなかったが、かすかに肩を竦めた。

「生田」

「あ、はい」

「後は任せる。十九日に会社を出てから以降のアリバイを訊いておけ」

　そう言うと景子は取調室を出た。

「景ちゃん、どう思うね？」

　彼女に続いて取調室から出てきた間宮が訊いた。

「景ちゃんの推理どおりに女装の謎は解けたけどよ、殺しもあの女がやったと思うかね？」

「まだわかりません」

景子は素直に言った。

「大内里佳には動機があります。しかし彼女が殺したのであれば、あんな女装をさせる理由がない」

「たしかにそうだけどよ、男に徹底的に恥を掻《か》かせるために、あえて女装させてから殺したとも考えられるぞ。あの女、それくらいのことはしそうだわ」

「確かに可能性はあります。でも彼女が犯人だとすると、菅尾の服をわざわざロッカーに入れる意味がわからない」

「……そうだな、あの女が犯人なら、証拠になるかもしれない服をすぐわかるところに入れておくとも思えん」

「それに彼女が犯人だとして、殺害後どうやって遺体をあの川沿いに捨てたのか、わかりません。彼女は免許を持っていない。遺体の移動は、車なしでは不可能です」

「たしかにそのとおりだわ。となると……わからんな」

間宮は自分の後頭部を叩いた。

「ややこしい事件だわ、これは」

「とりあえず大内里佳のアリバイを生田に洗わせてください。それと勤め先の会社と被害者の妻への聞き込みも」

「亭主が浮気しとったことを女房に話すのか」

「致し方ないでしょう。もしかしたらすでに気づいていたかもしれないし。だとしたら、妻にも殺害の動機があることになる」

「たしかにそうだけどよ……」

間宮は渋っている。

「何か問題でも？」

「いや、亭主が殺された上に浮気までしとったと聞かされたら、あの奥さんもショックだろうなと思ってな」

「当然ショックでしょう」

景子は言った。

「だからこそ、浮気は許せない。絶対に」

4

「あたし、新太郎君が浮気なんかしたら、絶対に殺して死ぬからね」

景子に真顔で言われ、新太郎はきょとんとした顔になる。

「どうしたの、いきなり」

「だから、絶対に浮気しちゃ駄目よ」

「しないってば」

「本当？　男って信用できないのよねえ。あんなに堅物堅物って言われてた菅尾が、社内の女とできてたんだもの。でもさ、どうして新太郎君にはわかったの？」

「想像だよ。会社のロッカーにあった菅尾さんの服、本人があそこで着替えたとはちょっと考えにくいよね。だから誰かが持ち込んだんじゃないかと思ったんだ。そうした理由はわからなかったけど、どうやって彼の服を手に入れたかは想像できたんだ。菅尾さんが服を脱いでいるときに持ち出せば簡単だってね。で、どういう場合に服を脱ぐかって考えたら……」

「彼が浮気をしてるんじゃないかって思ったわけね？」

「そういうこと。浮気相手は同じ会社の人間だろうし、だったら通常の出社時刻には会社に来ていない、でも欠勤もしていない人間がその相手だろうと思ったわけ。うまく想像が当たってくれたね」

「ドンピシャよ。さすがは新太郎君。ま、一杯どうぞ」

景子は夫の湯飲みに茶を注いだ。

「ほんとはお酒のほうがいいんだけどね。事件が解決しないことには飲む気にもなれないわ」

「しかたないね。じゃあ、ふたりで美味しくお酒を飲めるように、ない知恵を絞ってみようかな」

「菅尾を殺した犯人がわかるの？」

「まだまだ。情報が少なすぎるよ。たとえばホテルに取り残された菅尾さんのその後の行動とか、奥さんや浮気相手の里佳さんのアリバイがどうなのかとか」

「そんな情報ならいくらでもリークしちゃうわよ。まずアリバイのほうだけど、専業主婦の奥さんは夫を送り出した後、ずっと家にいたって証言してるわ。ひとりきりだったから、証人はいないんだけどね。で、朝の九時三分に出勤してこない菅尾のことを心配した会社の人間が家に電話をしてきて、初めて夫が出社していないことを知ったらしいの。それから心当たりに連絡を入れてみたけど行先はわからなくて、ケータイも通じないし夜になっても帰ってこないしで、結局午後九時十三分に中警察署へ捜索願いを出したってわけね。会社から連絡があってから、ずっと家にいて旦那が帰ってくるのを待っていたという話だけど、これも証人はいないわ。ただ十一時半と午後二時二十分の二回、会社から電話が入って、その都度奥さんは応対しているから、家にいたという証拠にはなるかもしれないけど。

大内里佳のほうは出勤時間と退勤時間はタイムカードに記録されているから間違いないわね。社内に証人もたくさんいるし。でもその後の行動は裏が取れないの。真っ直ぐに家に帰ってそのままずっと出なかったと言ってるけど、それを本当だと証言できる人間はいないのよね」

「菅尾さんの奥さんと里佳さんは、車の運転はできないの？」

「ふたりとも免許を持っていないわ」

「そうか……」

新太郎は顎《あご》を撫でながら、考えている様子だった。その横顔を見つめながら、景子は少し頬を紅潮させる。考え事をしているときの夫の顔が妙に色気を感じさせたのだ。

「それで、菅尾さんのほうは？」

「…………」

「景子さん？」

「……あ、え？」

「菅尾さんの行動は、わかってるの？」

「ああ、ごめんなさい。えっとね、菅尾と里佳が密会していたエスメラルダホテルにはすぐにうちの捜査員が出向いて、ホテルのフロントに話を聞いてきたわ。といってもあのホテルってチェックインもチェックアウトもフロントの人間と顔を合わせずにできるシステムになってるみたいなの。ほら、あたしたちも結婚前にそういうところに行ったことがあるでしょ？」

「エアシューターで精算できるやつ？」

「そうそう、カプセルにお金を入れてシュッ、お釣りもカプセルに入ってシュッて。だからフロントにいた人間も菅尾がホテルを出ていくところを直接見てはいないんだって」

「でも精算するときにはフロントに電話を入れるんだよね？」

「ええ、菅尾もちゃんとフロントに電話を入れてるわ。普通に『帰ります』と言ってきただけらしいけど。特に異常は感じられなかったって」

「ふうん……」

新太郎は再び思案顔になる。景子はその横顔にまたまた魅入られそうになったが、

「……駄目駄目、おあずけおあずけ」

と、自らを戒《いまし》めるように呟く。

「え？　何？」

新太郎が不思議そうに訊くと、

「なんでもないわ。それでね、菅尾が出ていった後でベッドメイキングをした従業員が、あ

る忘れ物を見つけたんだって。さて、何を見つけたかわかる？」

「ブラでしょ」

　新太郎は即答した。

「正解。里佳はワンピースとブラとパンティを用意したって言ってたけど、さすがに菅尾もブラは着けなかったのね」

「そりゃそうだよ。裸で外に出られないから、しかたなしに女性の服を着たんだもの。ブラまで着ける必要はないさ」

「でも金髪のウィッグは被《かぶ》ってたわよ」

「それは顔を隠すためだろうね。途中で誰かに出会っても——」

　ふと、新太郎の言葉が途切れた。

「どうしたの？」

　景子が訊くと、

「いや、今ちょっと思いついたというか気になったというか……」

「何のことなのよ？」

「ホテルから出るために女の格好をした、というのはいいとして、それから彼はどこに行こうとしてたんだろう？　家には奥さんがいる。そんな格好でのこのこと帰るわけにはいかないよね。事情を説明すれば浮気をしていたことがバレてしまうんだし」

「ああ、たしかにそうね。といって、会社に行くつもりだったとも考えにくいし」

「当然でしょ。そんな格好で会社に顔を出せるわけがない。でも、何の当てもなく外に出たとは考えにくいんだよね。どこか目的の場所があったはず……景子さん、タクシーは？」

「え？」

「ホテルを出た菅尾さんが、歩いて移動したとは考えにくい。どうしたって人目に付いちゃうからね。だとすると、恥を忍んでタクシーに乗ったと考えるべきかもしれないよ。そんな客を乗せたんだとしたら、運転手も記憶に残ってるだろうけど」

「そうか……迂闊《うかつ》だったわ。すぐに手配する」

景子は電話に飛びついた。

「あ、それからもうひとつ」

一課の番号をプッシュしようとする景子に、新太郎が言った。

「たしか汗とかからでも血液型は調べられるんだよね？」

「ええ、DNA鑑定だってできるわよ」

「だったら菅尾さんの遺体の近くに転がっていたパンプスね、あれの鑑定をやったほうがいいと思うよ」

「靴の？　どうして？」

「里佳さんは菅尾さんに着せるためにワンピースとブラとパンティを用意したって言ってたよね」

新太郎は言った。

「でも、パンプスまで用意したとは、言ってないんじゃない？」

5

その家は昭和区の川原《かわはら》通りを少し西に入った山崎川沿いに建つ一軒家だった。煉瓦《れんが》造りの洒落た門に埋め込まれた御影石《みかげいし》の表札には「石谷《いしや》」と刻まれている。

生田がインターフォンを押して来意を告げると、玄関ドアが開いて赤いワンピースを着た女性が出てきた。

その姿を見て、間宮が思わず声を漏らした。

「まさか……」

身長は百七十センチを超えているだろう。がっちりとした大柄な女性で、体つきだけなら男性と間違えそうだった。

その髪は鮮やかな金色に染められている。

「石谷峯子《みねこ》さんですね」

景子の問いかけに、女性は頷いた。

「愛知県警捜査一課の京堂と申します。こちらは同僚の間宮と生田。じつは菅尾昌也さんのことでお伺いしたいことがあるのですが……菅尾さん、御存じですね？」

「はい」

陰気な声だった。喋ることを極端に嫌っているかのような態度だ。

「できればお宅の中でお話ししたいのですが、よろしいですか」

景子が言うと、峯子は黙って門を開いた。

手入れが行き届いているとは言いがたい、雑草が生えるままになっている前庭を通り、家に入った。家の中も雑然としている。三和土《たたき》には黒いパンプスが転がっていた。

「この靴は、あなたのですか」

「はい」

「失礼ですが、サイズは？」

「……二十六です」

間宮と生田が顔を見合わせる。景子は表情も変えなかった。

リビングに通された。外観の瀟洒《しょうしゃ》な雰囲気とは違って、中は乱雑にものが置かれている。本や雑誌が積み上げられたソファには座ることもできない。立ったまま、景子は尋ねた。

「菅尾さんは、あなたのお兄さんなのですか」

「………」

「石谷さん?」

「腹違いの兄です」

「そうですか。でも菅尾さんのお葬式には出席されていませんでしたね」

「わたしは……妾腹ですから。ずっと昔、父親が亡くなったときに菅尾の家とは縁が切れてます」

「でも、お兄さんとはお付き合いがあったんですね?」

「………」

「どうなんです?」

「……はい。ときどき、会ってました。兄は……兄だけは、わたしに優しかった……」

「お兄さんは、この家の鍵を持っているんですか」

「はい、兄には、いつきてもいいと言ってました。わたしがいつも家を離れていることが多いので、行き違いになることもあったんです」

「旅行作家をされているんでしたよね。著書は拝読させていただいてます」

景子の言葉に、峯子だけでなく生田や間宮も意外そうな表情を見せた。

石谷峯子の海外旅行エッセイは、すでに十数冊出版されている。じつは新太郎が彼女の著作のファンで、何冊か持っていた。そして景子も、夫から本を借りて読んだことがあったのだ。

エッセイに登場する峯子は、もっと活動的で饒舌《じょうぜつ》だった。日本人離れした体格と数カ国語を話せる才能を生かして、ヨーロッパの古い町並みや広大な砂漠、南洋の離れ小島まで飛び回り、その風景を言葉にしていた。

しかし今の彼女は、ひどく陰鬱《いんうつ》で、無口だった。

「十九日も、菅尾さんはここにやってきたようです」

景子は言った。

「新栄からこの家の前まで菅尾さんを乗せたタクシーの運転手を見つけることができました。金髪で顔は見にくかったけれど、声は男だったと証言しました。身につけていた服の柄も、発見されたときの菅尾さんのものと一致しています」

峯子は、何も答えなかった。景子は続ける。

「すでに事情は御存じだろうと思いますが、菅尾さんは女性の服を着るしかない状況に追い込まれていました。当然のことながら、そのまま自分の家に戻ったり会社に行くことはできなかった。彼が助けを求める場所は、ここしかなかったんです」

「…………」

「菅尾さんは合い鍵を使って家に入った。そして、そこで何かが起きた。彼が命を落とすような、何かがね」

「…………」

「何も、言うことはないのですか」

景子が訊ねる。峯子はかすかに首を振り、

「お話を、続けてください」

と言った。

「わかりました。菅尾さんがここにきた理由は、しかし、あなたに助けてもらうためではなかった。あなたが助けにならないことは知っていたんだと思います。その日あなたは香港に出かけていたんですから。でもかまわなかった。とりあえずこの家に入ることができれば無様な女装姿を他人に見られることもない。それに、ここなら求めているものを手に入れることができます。つまり、男物の服をね」

「……ああ……」

峯子の口から声が漏れた。溜息のような啜り泣きのような声だった。

「……こんなことになるなんて……でも、どうして……？」

「それを知っている人間、話すことができる人間は――」

そのとき、玄関のドアが開く音がした。

峯子の頬に緊張が走った。何か言おうとしたが、景子が首を振った。

ゆっくりとした足取りで、その人物がリビングに入ってきた。そして見知らぬ者たちが三人もいるのを見て、ぎょっとしたように立ち竦んだ。二十歳代半ばくらいの年頃で、太いボーダー柄の長袖Tシャツに、膝から下が取れてしまいそうなほどの破れ目が入ったジーンズを穿いている。

「石谷達巳《たつみ》さんですね？」

景子が男に言った。その言葉を聞いただけで、男は冷凍庫に放り込まれたかのように身を震わせた。

「あ……あんたは……？」

「愛知県警捜査一課の京堂です」

「県警……そんな、俺は……！」

うろたえた達巳はリビングから逃げ出そうとした。しかし間宮がさりげなく入り口に立ち、それを阻止した。

「逃げたらかんなあ。ちゃんと話を聞かな」

「俺……俺じゃねえよ！　知らねえよ！」

間宮を突き飛ばして逃げようとする。が、一見すると頼りなさそうな中高年にしか見えない間宮が柔道の有段者であることを、達巳は知らなかった。

「こらこら、無茶したらかん」

いともあっさりと腕を取られ、身動きできなくされた。

「達っちゃん……」

峯子が辛そうに名前を呼んだ。

「あんた、兄さんを……」

「違う違う違う！　俺じゃねえ！」

達巳は喚く。彼の前に景子が立った。

「この家の前までタクシーを使って菅尾さんがやってきたことは、確認済みだ。無職のあんたはその時間、家にいた。家で、何をしていたんだ？」

「俺は……何も……」

「何もしていないのに、菅尾さんを殺したのか」

「違うよ！　俺じゃねえよ！　峯子の兄貴なんて、家には来なかったよ！」

「わたしの前で、嘘が通ると思うか」

語調は静かだった。しかし言葉は氷の槍となって達巳の胸を貫いた。

「う……」

それ以上、抵抗はできなかった。

「菅尾さんがこの家にやってきた証拠がある。パンプスだ」

「……パンプス？」

「緑道で菅尾さんの遺体が発見されたとき、一緒にパンプスも落ちていた。我々はそれも彼の女装のひとつだと思い込み、さして気にもしていなかった。しかし彼に女装をさせた人物は、ワンピースと下着は用意したものの、パンプスまでは持っていかなかった。もし持っていったとしても、ヒールの高い靴を履いた経験のない男が、わざわざパンプスを履いて外に出るとも思えないがな。とにかく、菅尾さんは裸足でこの家にやってきた。つまりパンプスは別のところから持ち込まれたものだ。警察ではパンプスに付着していた汗をＤＮＡ鑑定しているところだ」

「あのハイヒール……おまえのだったのか⁉」

達巳は眼を剝き出すようにして自分の妻を見つめた。峯子は、何も言わなかった。

「……くっそぉ！　そんな勘違いをするなんて」

「自分の家の玄関にどんな靴が置かれていたか、ちゃんと覚えていればこんなミスは起きなかっただろうな」

景子の言葉に、達巳はがっくりと項垂《うなだ》れた。

6

「菅尾が合い鍵を使って石谷の家に入ってきたとき、達巳は浮気の真っ最中だったのよ。相手はどこかで引っ掛けてきた女子大生」

春の陽差しと新緑に包まれた歩道を歩きながら、景子は言った。

「菅尾もびっくりしただろうけど、それ以上に驚いたのが達巳のほうだったの。金髪の大柄な女が入ってきたから、てっきり峯子さんだと勘違いしたみたい」

「で、逆上して殺しちゃったってわけ？　ひどいね」

並んで歩いている新太郎は顔を顰める。

「そう、逆ギレにも程があるわ。しかも殺してから女房じゃないことに気づいて、達巳はますますパニクっちゃったのね。とにかく遺体をどこかに捨てるしかないと思って、真夜中になるのを待って車に乗せて、この緑道まで運んで、川に捨てたんだって。子供の頃にこのあたりに住んでて、土地勘があったみたいね。それにしても、やってることはまったく考えなしのでたらめなものだったわ」

「菅尾さんが女装していたせいで話が複雑に見えてしまったんだね。それで、達巳の浮気相手の女性は？」

「見つけたわ。生田が話を訊きにいったら、最初は関係ないって言い張ってたけど、達巳が彼女にも遺体運搬を手伝ってもらったって言ってるぞって話したら、急に態度が変わって『わたしは何もしていない、黙っていないと共犯で捕まるぞって脅されてただけだ』って、何もかも白状してくれたわ。実際、その子は犯行には何の関係もないみたいね。達巳の誘いに乗って彼の家まで行ってエッチして、その代償で殺人の共犯者にされそうになったんだから、いい迷惑かも。でも、自業自得とも言えるわね。やっぱり浮気に係わっちゃ駄目ってこと。わかった？」

「どうして僕に念を押すの？」

「浮気は駄目ってことよ」

「しないってば。信じてよ」

新太郎は苦笑する。

「わかってるって」

景子は夫の腕に自分の腕を絡ませた。

「でも、こうやってふたりで散歩するのって久しぶりね」

「そうだね、この緑道、たしかに気持ちがいいよ。桜が咲いてる頃だったら、もっとよかっただろうけど」

「そうね、来年、また来ようよ。桜が咲いてる頃に」

と言ってから、景子はふと表情を曇らせる。

「……でも、この道を歩いたら菅尾さんの事件を思い出しちゃうかも。なんだか、あんまり後味のいい事件じゃなかったわ」

「結局みんな、変な勘違いとか思い込みとか嫉妬とかで、取り返しのつかないことになっちゃったんだものね。菅尾さんの奥さんとか峯子さんなんて、可哀相だよ」

「あたしが係わる事件なんて、いつもそうよ。犯人がわかっても、決して事件以前の状態に戻ることはできないんだから」

「そうだね……」

新太郎はそう言いながら、上を見上げた。桜の若葉がアーチのように覆っている。

「でも、不幸になるばかりじゃないと思うよ。景子さんが犯人を捕まえて、菅尾さんの奥さんもホッとしてるだろうし、里佳さんだって感謝してると思うな」

「そうかな……」

「そうだよ。世の中ってさ、どこかにマイナスがあれば、その分どこかにプラスが生まれるんだと思うんだ」

「プラスねえ……あればいいんだけど」

「あるさ、きっとね」

新太郎は景子の腕を引き寄せる。景子は嬉しそうに新太郎に身を寄せた。

彼らが寄り添いながら歩いていく歩道を、反対方向から六十を過ぎているらしい夫婦が、やはり老齢らしい犬を連れて歩いてきた。

「ここだ」

犬の引き綱を持った夫が、川岸を指差した。

「ここで見つけたんだ」

「まあ怖い」

妻が肩を竦めた。

「とんだ災難でしたわね」

「ああ……」

男は呟く。その後で、

「だが……よかったのかもしれん」

「よかったって、どういうことですか」

「いや……何でもない」

男は首を振った。そして言った。

「明日、ハローワークとやらに行ってみる」

その言葉に、妻は驚いたようだった。

「まあ……一体、どうしたんですか。あれだけ嫌がっていたのに」

「なんかな……憑《つ》き物が落ちたみたいだ」

男は自嘲するように微笑んだ。

連れていた犬が立ち止まって、桜の根元を嗅ぎまわる。

「トラジロウ、行くぞ」

男は引き綱を引っ張り、老犬を再び歩かせた。

彼女は誰を殺したか？

1

その日、景子が帰宅したのは午前七時を回った頃だった。

玄関先で出迎えた新太郎は、妻の姿を見るなり言った。

「お風呂、入る？」

「……ええ」

疲れた声で景子は答える。目の下にできた暗い隈《くま》が、彼女の疲労度を露《あら》わにしていた。

「すぐ入れるよ。それとコートとストッキングはそこに脱いどいて。今すぐにタオルを持ってくるから」

コートの裾《すそ》のあたりから足先にかけて、泥のような汚れが付いていた。新太郎は風呂場に飛び込んで給湯器のコックを開き、ついでに湯に浸けたタオルを固く絞って玄関に戻ると、コートとストッキングを脱いだ景子に渡した。

「ずいぶん大変だったみたいだね」

「大変だったなんてもんじゃないわよ」

自分の足を拭きながら、景子は言った。

「この寒いのに川の中に……もう、どうして真冬に川なんかで事件が起こるのよ！　場所を考えなさいよ！　ねえ、そう思わない？」

「うん、まあ、たしかにそうだね」

事情のわからない新太郎は、曖昧に相槌《あいづち》を打つ。

「風呂のお湯がいっぱいになるまで、ちょっと待っててよ。それまでお茶でも飲む？」

「ちょうだい。あったかいの」

「じゃ、着替えてきてよ。用意しておくから」

景子が寝室に入ると、新太郎はコートに付いた泥をタオルで拭き、ストッキングは洗面所で素早く水洗いしてからランドリーボックスに放り込み、同じく泥だらけのパンプスを雑巾で拭ってからキッチンに向かった。

プラム色のトレーナーとグレイのパンツという部屋着に着替えた景子がキッチンに顔を出した頃には、ポットとカップが用意されていた。

「ほんと、つくづくあたしっていい夫を持ったと思うわ」

温かい湯気の立つカップを前にして、景子は手を合わせた。

「神様、あたしに新太郎君をくださったことに感謝いたします」

「何言ってんだか」

新太郎は照れたように肩を竦め、向かい側に座る。

「今日はもうゆっくりできるの？」

「いいえ、五時間後には出ていかなきゃ。事件は勝手に解決してくれないし」

そう言いながら景子はカップに口をつけた。

「……ふぅ……美味しい……これ、ミルクティー？　他にも何か入ってるみたいだけど」

「カモミールを少し入れてあるんだよ。これから一休みするんだったら、ちょうどいいね。カモミールには気分を落ち着かせて安眠させる作用があるからさ」

「へえ、そうなんだ」

そのとき、少々耳障《みみざわ》りな電子音が響いた。浴槽に湯が張られたことを知らせる音だった。

「お風呂が入ったよ」

「わかってる。でも、その前に……」

カップを脇に置いた景子が身を乗り出す。

「ちょ、ちょっと、疲れてるんじゃないの？」

身を引こうとした新太郎を引き寄せ、テーブル越しに夫の肩を抱く。そして耳許で囁《ささや》いた。

「ね？　新太郎君、いいでしょ？」

「いいでしょって……どっちのこと？」

「え？　どっちって？」

「だからあ……また事件の話を聞かせたいのか、それとも……」

「事件のことに決まってるじゃない。それとも新太郎君、他のこと考えてた？」

夫の顔を覗き込むようにして、景子は蠱惑的に微笑む。愛知県警捜査一課で「氷の女」と恐れられる彼女が、このような表情を見せることがあるなどと、夫の新太郎以外の誰が信じるだろう。

「景子さん、僕で遊んでるでしょ？」

「あは、ごめん。でもほんと、新太郎君に話を聞いてほしいのよ。お願い」

「わかったわかった、わかったからちょっと離れて。ハーブティーがこぼれちゃうよ」

「はいはい」

景子が離れると、新太郎は少々上気した顔をひと撫でして、椅子に座り直した。

「それで？　今度の事件は川で起きたの？」

「そう、深夜の川沿いで起きた恐るべき事件。しかも死体がふたつ」

「連続殺人事件？」

「そうじゃないから困ってるのよ」

景子は溜息交じりに言った。

「一番の問題はね、彼女は一体誰を殺したかってことなの」

2

名古屋市の南東、緑区左京山《さきょうやま》を流れる手越川《てごえがわ》で事件は起きた。

今日、つまり一月十八日の午前一時三十八分、巡回をしていた緑警察署の警官が、手越川に架かっている小さな橋のひとつの近くで、ふらふらと歩いている女性を発見した。

「どうかしたんですか」

ただならない様子に警官が声をかけると、女性は怯えたように逃げようとした。

「ちょっと待ちなさい」

警官は女性を捕まえた。ここのところ、付近で不審者が見かけられ、子供が被害に遭いそうになったという通報が警察に寄せられており、真夜中も巡回をしているところだった。女性の行動に警官が不審を抱いたのも当然のことだった。

「あなた、名前は」

警官の問いかけに、彼女は震えながら答えた。名前は藤堂絵美《とうどうえみ》、年齢二十六歳。ボア付きのダウンジャケットにジーンズ、膝下までの長さがあるヒールの高いブーツを履いていた。

「何かあったんですか」

重ねて警官が質問すると、絵美はやっとのことで口を開いた。

「……襲われたんです。この橋の真ん中で、いきなり後ろから抱きつかれて……」

絵美は背後の橋を指差した。

「それで襲った相手は？」

「それが……」

絵美は俯く。

「わたし、怖くなって、催涙スプレーを……吹きつけたら、そしたら……」

「逃げ出したんですか」

警官が尋ねると、絵美は怯えたような素振りで首を振る。

「わたし、こんなことになると思わなくて、でも、ほんとに怖かったから……どうしようもなかったんです！」

「落ち着いてください。何があったんですか」

混乱している絵美に、警官は根気よく質問を続けた。

「思いっきり吹きつけたら、相手の顔にまともにかかったみたいで……苦しそうに大暴れして、それで……」

「それで？」

「……落ちたんです」

絵美は欄干を指差す。

「暴れ回ってるうちに、そこから身を乗り出して……」

警官は欄干から下を覗き込んだ。しかし街灯の光はそこまで届かず、水が流れる音は聞こえても、川面は闇に紛れて見えなかった。

警官はあらためて絵美を見た。

「あの……わたし、どうしたら……」

ほっそりとした体付きに整った顔立ち。その彼女が憔悴《しょうすい》した表情で、縋るように見つめている。警官はその瞬間、理性が揺らぎそうになった。が、ぎりぎりのところで我慢し、携帯無線で署に応援を要請した。

程なく投光機を準備した署員数名が駆けつけた。橋の下が照らし出されると、光の輪の中に濁った水が浮かび上がった。前日に降った雨のせいで水量が増しているのだ。

署員たちはすぐに川へと降りていった。あらためて川面を照らすと、川の中央あたりに青い布地が見えた。滑る川底と水の流れに難渋しながら近付いてみると、それはブルゾンらしい服の背面だった。その下に人間の体がある。

急いで引き上げられたが、ブルゾンを着ていた男は、すでに息をしていなかった。二十歳代後半くらいで髪を金色に染めている。頬骨が高く、無精髭を生やしていた。

絵美は最初にやってきた警官に付き添われ、橋のたもとに立って一部始終を見ていた。男が引き上げられ、投光機の下でその顔が晒《さら》されると、彼女は短い悲鳴をあげて警官に抱きついた。

「まさか……そんなことって……！」

「どうしたんですか」

警官が尋ねる。

「もしかして、顔見知りですか」

その問いかけに彼女が答えようとしたとき、

「おい、もうひとりいるぞ！」

川のほうから声がした。

「もう少し右を照らしてくれ。右だ！」

指示されるまま、光が移動した。ブルゾンの男が沈んでいたところから一メートルほど離れた川岸に、今度は赤い服が見えた。

ブルゾンの男を引き上げた署員たちが、再び川に降りた。こちらは上半身を岸に上げた状態で仰向けに倒れていた。

その男も引き上げられ、ブルゾンの男と並べられた。へばりついた長髪を掻き分けると、彫りの深い顔が現れた。年齢は四十歳前後、背格好はブルゾンの男と同じくらいで、着ていたのは赤いダウンジャケットだった。

「ふたり、いたのか……」

絵美に付き添っている警官が、意外そうに呟く。

「あなたを襲ったのは、ふたりだったんですか」

しかし、その質問に絵美は首を振った。

「ひとりです。ひとりでした」

「でも、川に沈んでいたのは――」

「ひとりなんです！」

絵美は叫んだ。

「本当にひとりだけだったんです！」

3

景子たちが現場に到着したのは午前二時十五分だった。

真冬の真夜中だというのに近所の住人たちが外に出て、付近を行き来している署員たちを物珍しそうに眺めていた。そんな中、パトカーから降り立った景子を見て、野次馬の中から感嘆とも驚きともつかない声が漏れた。

――なんだ、これってドラマの撮影なのかよ？

――あれ、女優さんかね？

――知っとるか。

――見たことあるわ。ほれ、なんとかって俳優と不倫しとった……あの、ほれ、なんとか言った……。

「景ちゃん、人違いされとるぞ」

先輩の間宮警部補が言った。

「誰のこと言ってるか俺、わかりますよ」

後についてきた後輩の生田刑事が応じる。

「たしかにちょっと似てますもんね。でも京堂さんのほうが——」

最後まで言うことはできなかった。深夜の夜気よりも冷たい景子の視線に心臓と声帯を凍らされたのだ。

川から引き上げられた遺体はまだ、土手に寝かされていた。景子は掛けられていたシートを剝《は》がし、ふたつの遺体と対面した。

「説明を」

短い問いかけに、遺体の近くに立っていた私服刑事が緊張に震えながら、藤堂絵美が警官に職務質問されてからの一連の状況について説明した。

「——というわけでありまして、急遽《きゅうきょ》署から人員を増強すると同時に、そちらへも連絡を入れさせていただいた次第であります。はい」

沢之塚繁喜《さわのつかしげき》三十一歳、緑警察署刑事課に入ってまだ一年と経っていない新米刑事だった。殺人事件に立ち会うのは三度目だったが、過去の二回は酔客の喧嘩によるもので、処理は比較的簡単に済んだ。今回も〝犯人〟の身柄をすぐに確保することができたので楽に済むだろうと安易に考えていたのだが、現場にやってきて事情を知るにつれ、かなり厄介な事件であることがわかってきた。それだけでもげんなりさせられるのに、県警からやってくるのが京堂景子警部補だと聞かされた上に彼女への応対を強引に押しつけられ、彼は半ばパニック状態に陥っていた。署内では景子に対する恐怖の噂が広く喧伝されていたのだ。捜査会議での彼女の一言が原因で出署拒否に陥った署長がいるとか、逮捕の際に歯向かった暴力団組員が二目と見られない顔にされたとか、彼女の捜査の邪魔をしようとした国会議員が次の選挙で落選した挙句に贈賄で逮捕されたとか、警察庁長官も彼女に一目置いているとか、じつは殺しのライセンスを持っているとか、本当か嘘かわからないものも含めて、すでに景子は愛知県警所轄内では生ける伝説と化しているのだった。

沢之塚は虎を目の前にした兎のような心持ちで立ち尽くしていた。彼に困難な仕事を押しつけた同僚たちは、知らん顔をして捜査を続けている。

「…………」

自分は要領よく説明できただろうか。機嫌を損ねたりしていないだろうか。

「…………」

京堂警部補は憶測や不用意な思い込みを何よりも嫌うと聞いた。もしかして自分は、そんな言い回しをしてはいなかったか。もしかして――。

不意に背中を叩かれた。同僚の石見《いしみ》だ。大きな体を震わせている。寒いのか。いや、何か言いたげな顔をしている。

「聞こえないのか」

その声が、いきなり耳朶《じだ》を打った。

心臓を鷲摑みにされたような痛みが走る。腕組みをした景子が、彼を見つめていた。

「やる気がないのか聞く耳を持たないのか、どっちだ？」

沢之塚は絶対零度の宇宙空間に放り出されたような恐怖を味わっていた。景子が何度も声をかけていたらしいのに、まるで気付かなかったのだ。

「仕事をしたくないのなら、この場から消えろ」

「いえ、その……」

しどろもどろになりながら、沢之塚は言葉を探した。自分の失態を呪わないではいられなかった。なぜ景子の言葉を聞き逃したのか。なぜ自分は親の望みどおり銀行に就職しなかったのか。なぜ刑事になりたいなどと考えたのか。ここに至るまでの自分の決断すべてが誤りだったような気がした。あそこで決断を誤らなければ、こんなことにはならなかったのに……。

「そちらの君、代わりに教えてくれ」

景子は氷柱と化して立ち尽くしている沢之塚を無視し、石見に声をかけた。

「は、藤堂絵美は現在、署の車の中で待機させております」

いつもはのんびりとした口調で話す石見が、しゃちほこばった姿勢で応じた。

「怪我は？」

「いえ、目立った怪我はしていないようです。精神的にはダメージを受けているようですが」

「話を聞けるか」

「はい、大丈夫だと思います」

「生田、行ってくれ」

景子の指示に、生田刑事はすぐに飛んでいった。景子はしゃがみ込み、遺体を検分する。

「身許は？」

「赤いダウンジャケットを着た男のほうは、まだ確認できていません。青いブルゾンのほうは、藤堂絵美の証言によると高野《たかの》健太《けんた》という男のようですが」

「顔見知りなのか」

「はい、まだ詳しい話は聞けてませんが、どうやらそのようです」

てきぱきと応答しながらも、石見は額《ひたい》を拭った。沢之塚ほどではないにしろ、彼も相当緊張しているようだった。

「ふたりとも身許を証明するようなものは持っていないのか」

「高野のほうは免許証を持っていました。名前も顔も一致しています。しかしもうひとりのほうは財布と家の鍵らしきものを持っているだけで、すぐに身許を確認できるようなものがありません」

景子は石見の話を聞きながら、ふたつの遺体を検分した。

「高野のほうは額に傷があるな」

一緒に調べていた間宮が言う。

「殴られたようにも見えるが……橋から落ちたときにぶつけたのかもしれん」

「こっちも同じです」

景子は身許不明の男の後頭部を指し示した。

「どちらも橋から落ちて死んだ可能性がある、ということか」

「しかし藤堂絵美は、橋から落ちたのはひとりだけだと言っています」

「ややこしいな」

間宮は顔を顰《しか》めた。

「やっぱり、その女に詳しく話を訊いたほうがいいかもしれん」

「そう思います」

景子は立ち上がると、緑署のパトカーに向かった。車内には明かりが点《つ》いていて、中にいる三人の男女の姿が見えた。後部座席には生田と若い女、運転席には制服警官が座っている。

絵美を発見した警官だった。景子が後部のウインドウを叩くと、生田が大急ぎで出てきた。

「どうだ？」

「はい、ひととおりのことは訊いてみたんですが、やはり彼女を襲って川に落ちたのはひとりだけだそうです」

藤堂絵美は近くのアパートに独り住まいをしているという。仕事はアパートから五百メートルほど離れたところにあるコンビニの店員で、午後九時から午前一時までのシフトでの仕事を終え、帰宅する途中だった。

「あの橋を渡っているときに突然後ろから抱きつかれて、咄嗟《とっさ》にバッグに入れていた催涙スプレーを吹きつけたら、相手は苦しそうに暴れて、欄干を乗り越えて落ちてしまったんだそうです」

「ふたつの遺体のうち、ひとつは顔見知りだそうだな？」

「はい、緑署の署員が遺体を引き上げたときに、知っている人間だとわかったそうです。高野健太二十八歳、瑞穂区の高野不動産という会社の社員です。藤堂さんも一年前まで同じ会社に勤めていたそうで」

「元同僚か。なんかトラブルでもあったのか」

間宮が訊くと、

「じつはふたり、以前は付き合ってたそうなんですよ」

と生田が答える。

「以前は、か。別れたんだな？」

「はい、藤堂さんの話では、高野は嫉妬深くて粘着質な性格だったらしくて、付き合っているうちそれがだんだん厭《いや》になってきたんだそうです。それで別れようとしたんですが高野は納得せず、何度もしつこく迫ってきたんで、それでやむなく彼女は会社を辞め、彼には内緒でアパートも引っ越して縁を切ろうとしたんだそうです」

「でも見つかった、というわけか。やれやれ、だわな」

間宮はやるせなさそうに首を振ると、車の中にいる絵美に眼をやった。彼女は俯いたまま、じっとしている。

景子は車のドアを開けた。驚いたように顔を上げる絵美の隣に腰かけると、

「愛知県警捜査一課の京堂と言います。もう少し話を聞かせてください」

ひゅっ、と息を呑む音がした。絵美ではない。運転席に座っている警官の喉が発したものだった。

「襲われたのは、橋のどのあたりですか」

「……ちょうど、真ん中あたりです」

「それまで男が近付いてくるのに気付かなかったんですか」

「……はい、橋のところは暗かったし……」

「この道は、いつも通るのですか」

「はい、帰りにはいつも。彼、わたしのことを調べてたんだと思います」

「高野健太のことですか」

「……はい」

「元カレだったと聞きましたが、別れたのはいつですか」

「去年の夏、八月頃です」

「理由は相手の性格？」

「ええ、最初は優しいひとだと思ったんだけど、だんだんわたしのことを束縛するようになってきて、ケータイのメールとかも勝手に見るし、女の友達と遊んでても怒るし、会社で他の男子社員と仕事の話をしてるだけで焼き餅焼くし、口答えすると殴ったりするし……だから、厭になったんです」

「それで、あなたのほうから別れたと。彼は納得していなかったのですか」

「してませんでした。会社でも会社の外でもしつこく付きまとってくるし、住んでたアパートにも押しかけてくるし、そのうちに会社にも居づらくなって、辞めました。そのときにアパートも引っ越して、彼には行き先を言わなかったのに……」

「しつこい男だ」

憤懣やる方ない、といった口調で呟いたのは、運転席の警官だった。

「あなたが悪いんじゃないですよ。みんな、あの男が悪いんです。だから――」

警官は喉を詰まらせたように沈黙した。ルームミラー越しに景子が一瞥を与えたからだ。

「襲われたとき、相手は本当にひとりでしたか」

景子は質問を再開する。

「はい、ひとりでした」

絵美は確信があるようにしっかりと答えた。

景子は少し考えてから、彼女に言った。

「車から出てもらえませんか。確かめたいことがあります」

車から出ると、景子は絵美を橋に連れていった。

「襲われた場所に立ってみてください」

絵美は言われるまま、橋の中央あたりに立った。

と、景子は唐突に絵美の背後から抱きついた。

「きゃっ⁉」

絵美は悲鳴をあげた。ついてきた生田も間宮も、周囲で捜査をしていた係員たちも皆、唖然とした表情でその様子を見つめた。

「あなたを襲った相手は、こうやって抱きついたんですか」

冷静な口調で景子は尋ねた。絵美はうろたえながら、

「あ、あの……そうです。こんな感じで……」

「そのとき、催涙スプレーはどこに？」

「その……バッグの中です」

「どうやって取り出したんですか」

「それは……こうやって……」

絵美は肩から下げていたショルダーバッグを開こうとする。しかし景子が腕ごと抱きしめているので手を動かすことができなかった。

「あの……放してくれませんか」

「相手にも、そんな風に頼んだのですか」

「いえ……でも『放して！』って言いました。そしたら、手が緩んだんです。それでバッグからスプレーを出せました」

「手を緩めた……相手が自分から緩めてくれたんですか」

「……はい、そんな感じでした」

景子は手を離した。絵美はショルダーバッグに手を持っていったが、しかし開きはしなかった。自分の言葉を信じてもらえているのか確かめようとするように、景子を見つめた。

「わたし、嘘は言ってません。本当です」

「スプレーは相手の顔にかかったんですね」

景子はしかし、質問を続けるだけだった。

「……はい」

「そのとき、顔は見えなかったんですか。このあたりなら街灯の明かりもあるから、確認できると思うのですが」

「それが……わたしもパニクってたし……ただ、怖い顔をしてたとしか……」

「怖い顔？」

「ニット帽を深く被ってマスクをしてたし、それに人間じゃないみたいな、なんていうか……蛙《かえる》みたいな……」

「蛙？　そんな顔をしてたんですか」

「ええ……」

絵美はやはり景子の様子を窺うような表情を見せていたが、ふと思いついたように、

「そう、あれはもしかしたら眼鏡だったのかも」

「眼鏡？　それが蛙のように見せていたと？」

「はい、眼が飛び出しているように見えたんです」

「高野健太は眼鏡を掛けていましたか」

「いいえ、彼は眼がいいのが自慢でした」

「……なるほどね」

景子は絵美の証言を検討しながら、橋の欄干に寄り掛かった。

「あなたに催涙スプレーをかけられた後、相手はどんな風に橋から落ちたんですか」

「どんなって……眼を覆って、こう、くるくる回りながら……」

「生田」

「え？」

「再現だ」

「あ……ああ、はい」

生田は絵美の言うとおりのジェスチャーをしてみせた。寄り掛かると橋の欄干は彼の鳩尾《みぞおち》のあたりになった。

「高野の身長は？」

「百六十五センチくらいでした」

「生田、おまえも同じくらいだな？」

「百六十七・四です」

「落ちる瞬間を見ましたか」

景子は絵美に尋ねる。絵美は考え込むようにしてから、

「途中で逃げようとして背を向けたから……でも、悲鳴が聞こえて振り返ったら、ちょうど橋から落ちようとしているところでした。わたし、怖くなって……」

「逃げたんですか」

「……はい、でも途中で考え直しました。もしもあのひとが落ちたんだとしたら、助けないとって思って」

「あなたを襲った男を助けようと？」

「だって、もしも死んだりしたら、わたしが殺したことになっちゃうじゃないですか！」

絵美は首を振りながら叫んだ。

「そんなの、いやだから……だから……！」

「わかりました。考え直して、どうしたんです？」

「ここに戻ってきました。でも誰もいないし、川は暗くてわからないし、途方に暮れてたん

です。そしたらお巡りさんが来て、そのままずっと……わたし、疲れました。なんだか、気分が悪いわ……あの、まだ帰れないんでしょうか」

「それは――」

景子が答えようとしたとき、

「京堂警部補」

呼びかける声がした。石見だった。

「もうひとりの遺体の身許の件で情報が」

「わかった。今行く」

景子はそう応じてから、絵美に向き直った。

「もう少し、待っていてください」

「待つって、いつまで？　わたし、何もしてないのに！　わたしがどうしてこんな――」

絵美の声が途切れた。体が揺らぎ、前のめりになる。

景子は咄嗟に彼女を抱きしめた。ぐったりとしている。

「まずいな。生田」

「あ、はい」

生田と景子で絵美を抱きかかえ、先程のパトカーに連れていった。

「ど、どうしたんですか⁉」

運転席にいた警官が駆け寄ってきた。

「病院に連れていってくれ」

景子はそう言って、絵美を後部座席に寝かせた。

「……帰らせて……わたし……悪くない……」

絵美の唇から、かすかな呟きが漏れる。

発進したパトカーを見送ると、景子は生田を連れて石見の許に向かった。

「あの娘、大丈夫かね？」

先に石見のところに行っていた間宮が尋ねてくる。

「たぶん貧血だと思います。それで？」

景子は石見に視線を向けた。

「あの、このひとがあの男に見覚えがあるそうです」

石見の近くに綿入り半纏《はんてん》を着込んだ七十歳くらいの男が立っていた。

「本当にこのお嬢さんも刑事さんかね」

男は遠慮会釈なく景子を眺め回した。

「ほんとにまあ、別嬪《べっぴん》さんだがね」

「誰なんです、あの男は？」

景子は自分を値踏みする視線を跳ね返し、質問した。男は景子の態度に気圧《けお》されながら、

「あ……えっとだな、多分、四賀勉《しがっとむ》っちゅう男だわ。間違いないて」

「四賀勉……この近所の人間ですか」

「ああ、すぐ近くだわ。わしと同じ町内」

「仕事は何を？」

「さあ……前は中学の先生をやっとったそうだが、今はどうしとったのかわからん。あんなことをしたもんで、みんなワヤになってまったで」

ワヤというのは名古屋弁で「台無し」という意味だ。

「何をやったんだね？」

間宮が尋ねると、男は少々下卑《げび》た笑みを浮かべて、

「覗きだわ。それと下着泥棒と、痴漢」

「中学校の先生がかね？」

「しかも教え子のだとよ。世の中どうなっとるのかねえ。おかげで学校を辞めさせられて、女房は子供を連れて実家に帰ってまったんだわ。本人は引っ越しもせずに家に住んどったけど、誰も相手にはしてくれんし。ほんとはわしらも出ていってほしかったんだけどよ。また

悪さをしとったみたいだし」

「悪さというと？」

「ここんとこ、近所で子供に変なことをしようとする男がおって、みんな怖がっとるんだわ。わしの孫の同級生が公園で誘拐されそうになったらしいし、いきなり抱きつかれた子もおるらしい」

「それが四賀の仕業だと？」

「みんな、そう思っとるよ。警察にも調べられとったしね」

「でも、逮捕はされとらんのだな？」

「本人は自分じゃないと言っとるし、証拠もないらしいでね。でも、あいつがやったに違いないんだわ。ああなったのも天罰だて」

男は断定するように言った。

「その情報、知っているか」

景子が石見に訊く。

「いえ、私は聞いたことが……今、確かめてきます」

石見は署の仲間がいるところへとすっ飛んでいった。

「四賀は痴漢の常習者だな」

間宮が言う。

「だとすると、あの子を襲ったのは四賀かもしれん」

景子は闇に紛れて見えなくなっている川を見つめていた。

「どうした景ちゃん？」

間宮が尋ねると、景子は言った。

「川を調べましょう」

「今からかね？」

「もう流されているかもしれないが、確認しないと」

ちょうどそのとき、生田がやってきた。

「全員、川の捜索をさせろ」

景子の指示に、生田は眼を丸くして間宮と同じことを訊いた。

「今から、川に入るんですか」

「夜明けを待ってはいられない。投光機を川に向けさせろ」

そう言いながら、景子は川に向かった。

「おいおい景ちゃん、まさかあんたも……」

呼び止める間宮に、景子は言った。

「間宮さんも入ってもらいます」

4

「――で、あたしももちろん川の中に入ったのよ。冷たかったわ、ほんと」

カモミール入りミルクティーを飲みながら、景子は捜索の様子を話した。

「それで、目当てのものは見つかったの？」

新太郎が問いかけると、

「それを答える前に質問。さて、あたしは一体何を探そうとしたんでしょう？」

景子は試すように尋ね返した。新太郎はカップを置き、言った。

「マスクとニット帽と眼鏡、だよね？」

「正解。ちょっと簡単すぎた？」

「うん、まあ。それで、見つかった？」

「マスクとニット帽は駄目。流れちゃったみたい。でも眼鏡は川岸に引っかかってるのが見つかったわ。あたしが想像したとおり、防護眼鏡だったわ。ぴったりと顔に装着できて、花粉だろうと催涙ガスだろうとOKってやつ」

「マスクに眼鏡、完全装備だね。まるで最初から催涙スプレーをかけられるのを予期してたみたいだ」

「そのとおりよ。藤堂絵美に聞いたんだけど、高野健太にしつこく付きまとわれるようになってから催涙スプレーをバッグに入れるようになったんだって。それで一度、彼に本当に吹きつけたことがあったみたいよ」

「そりゃ痛かっただろうなあ」

「痛いなんてものじゃないわよ。あたしも前にどれくらいの威力があるのか試してみたことがあるんだけど、直接自分に吹きつけたわけじゃないのに涙が止まらなくなって大変だったわ。まともに食らったら眼も鼻も喉もやられて、しばらくはどうしようもなくなるでしょうね」

「それに懲りて、今度はガス対策をして襲ったわけかな。いや、それは懲りたとは言えないね」

「そうよ、そんな男、ただのクズだわ」

景子は嫌悪を露わにする。

「あたしだったら催涙スプレーくらいじゃ済まさない」

「……だろうね」

新太郎は苦笑する。

「それはともかくとしてさ、絵美さんを襲ったのが高野だったとしたら、それだけ催涙ガス対策をしてきたのに効果がなかったってことになるね」

「それなんだけどね、さらにややこしい話になってるの。遺体を調べた鑑識の人間が、四賀勉の眼にOCガスを吹きつけられた痕跡があるって言うのよ」

「OCガスって？」

「唐辛子成分を使った催涙ガス。護身用のものとしては一番ポピュラーなものね」

「絵美さんが持ってたのもOCガスタイプ？」

「わかんないの。彼女、襲われたときにガスを吹きつけて、それが出なくなったからスプレー缶ごと投げつけたんだって。そのままスプレー缶は行方不明。川に流れたのかもね」

「そうかあ……」

新太郎は額にかかった髪を掻き上げるようにして、

「じゃあ、彼女を襲って催涙スプレーを浴びたのは四賀なの？」

「かもしれない。ちなみに高野の眼にはOCガスの痕跡はなかったみたい。川の中に突っ伏してたから洗い流されたかもしれないけど……でもねえ……」

「まだ、何かありそうだね？」

「そうなのよ。高野の体を調べたら、ズボンのポケットに口紅みたいな容器が入ってたの。でもキャップを取ったら中にあったのは押しボタンみたいなものだったのね。それを見つけたのは鑑識員のひとりだったんだけど、止《よ》せばいいのにそのボタンを押しちゃったのよ」

「どうなったの?」

「三十分くらい、眼も開けられない状態になったわ。うっかり自分の顔に催涙ガスを吹きつけちゃったってわけ」

「それも催涙スプレーだったわけか」

「OCガスタイプのものよ」

「じゃあ高野が四賀に催涙スプレーを……いや、それは変だな。そんなことをする必要が……」

新太郎はしばらく考えていたが、やがて首を振った。

「どうもよくわからない。絵美さんを襲って川に落ちたのが高野なのか四賀なのか、今の段階ではわからないんだね?」

「はっきりはしてないわね。ねえ、もう一杯ちょうだい。今度はミルクなしで」

景子は空になったカップを差し出す。

「OK」

新太郎はカモミールと紅茶を合わせたものをポットに入れ、湯を注いだ。

「でも景子さん、考えはまとまってるんじゃないの？　なんだか、そんな顔付きしてるけど」

新しいカップにカモミールティーを注ぎながら、新太郎が言う。

「さすが新太郎君、鋭いわね」

景子は微笑んだ。

「もうひとつ、後から情報が入ってきたのよ。四賀のことなんだけどね」

湯気の立つカップを引き寄せながら、景子は言った。

「近所に出没している不審者が自分じゃないかと疑われて、四賀はかなり憤慨してたみたいなの。絶対に自分じゃない。やってないって。誘拐されそうになった子供のところに行って、『この顔を見ろ。おまえを襲ったのは俺か』って問い質したそうなの」

「子供の答えは？」

「わかんないって泣き出しちゃったって。四賀がすごい剣幕で詰め寄ってきたから怖かったみたいね。それでまた心証を悪くしたみたいよ。四賀はますますむきになって『こうなったら自分で犯人を見つけ出して捕まえてやる』とか言ってたみたい。竹刀《しない》を持って町中を徘徊《はいかい》してたそうよ」

「ますます怪しまれそうだね」

新太郎は苦笑を浮かべた。

「それで、竹刀は？」

「見つかったわ。これも川の中。まさか事件に関係があると思わなかったから、最初のうちはただのゴミだと思ってたんだけど。後からその話を聞いて調べてみたら、四賀の持ち物に間違いなかったわ」

「つまり四賀は自分の身の潔白を証明するために近所をパトロールしてたと……もしも彼がパトロール中に絵美さんを待ち伏せしている高野を見つけたら……」

新太郎は呟きながら考え込む。

「なかなかいい線を衝いてるわね。それについてはもうひとつ、情報があるの」

景子が言った。

「絵美に襲ってきた男が橋から落ちるところをはっきりと見たのかどうか確かめてみたのよ。でも、どうも変なのよね」

「あ、それは僕も思ったんだ。なんか不自然だよなって」

「さすがね。あたしも生田で再現したときに気付いたんだけど、あの欄干の高さだと、暴れてうっかり落ちるってのは無理があると思うの。落ちるためには――」

「自分から身を乗り出さないといけない」

「そのとおり。あたしの見るところ、彼女を襲った男は故意に橋から落ちた……あるいは落ちようとしたとしか思えないわね」

「絵美さん、落下したところは見てないんだね？」

「ええ、欄干を乗り越えて今にも落ちそうになっている瞬間を見ただけよ」

「なるほど……ところで高野って男は運動能力のほうはどう？」

「大学時代、体操部にいたんだって。だから腕力には自信があるみたいよ。ちなみに四賀のほうは中学では国語の教師をしてて、体力的にはまったく駄目だったみたい。ねえ新太郎君、もしかしてあたしたち、同じ結論に達したのかしら？」

景子は小首を傾げて夫に視線を送る。

「それはどうかなあ」

新太郎は意味ありげに肩を竦めた。

「一応、景子さんの結論を聞いてみないと」

「意地悪ね。じゃあ話したげる。高野は絵美を襲うために完全防備して、昨日の夜あの橋の近くで待ち伏せしてたんだと思うの。でもそこで四賀と鉢合わせしてしまった。四賀は高野こそが、子供を襲っていた不審者だと思った。そして彼を捕まえて突き出してやろうとした。

そこで高野と争いになり……高野は四賀を殺してしまったのよ。どう？」

景子は新太郎の反応を待った。

「続けて」

新太郎が言ったのは、それだけだった。

「高野は四賀の遺体を前にして、どうするべきか考えた。そしていっそのこと、これを絵美への復讐に利用してやろうと決めたのよ。つまり、殺害の罪を彼女に擦《なす》り付けてやろうとね。高野は四賀の遺体を川に持っていき、絵美がやってくるのを待った。そして橋の上で絵美を襲い、彼女が催涙スプレーで応戦できるよう、わざと抱きしめる力を緩めた。思惑どおり絵美は催涙スプレーを吹きつけてくる。高野は防護眼鏡のおかげで大丈夫だったんだけど、ガスで眼をやられたふりをして欄干から落ちた、いえ、正確には落ちるふりをしたのよ。実際は懸垂《けんすい》みたいにして橋にしがみついただけなの。絵美が逃げ去った後で橋に戻り、そのまま逃げ去るつもりだった。ところが高野は自分の腕力を過信しすぎてたの。大学時代みたいな筋力はもうなかったのかもしれないし、寒さで手がかじかむことを考慮に入れてなかったのかもしれない。もしかしたら手を滑らせちゃったのかもね。とにかく、高野は橋に戻れなかった。そのまま落っこちちゃったのよ。こうして橋の下にはふたつの死体がならんでしまったというわけ」

「四賀の死は高野によるもの、高野の死は事故によるもの、というわけだね？」

「事故じゃないわ。自業自得って言うの。でも、これで話は通るでしょ？」

「たしかに。ところで四賀の顔にかかっていたOCガスは？」

「それは高野の仕業よ。きっと彼は絵美に使うために催涙スプレーを用意してたんだと思う。前に自分が味わわされた苦痛を思い知らせるためにね」

「それを四賀の顔に吹きつけて、絵美がやったと思わせようとした、というわけだね？」

「そういうこと。どう？」

　景子の問いかけに、新太郎は頬杖を突いたまま笑みを浮かべた。

「そうだね。僕の考えも景子さんとほぼ同じだよ」

「ほぼ？」

「そう、ほぼ」

「ってことは、何か違うところがあるわけね？　どこなのよ？」

「いや、ちょっとした違いなんだけどね」

　新太郎は思わせぶりに言う。景子はテーブルを回り込み、新太郎の背後に立つと腕を彼の顎に回した。

「こら、ちゃんと言いなさい。でないと、落とすわよ」

くいっ、と軽く力を籠める。

「く……苦しい……！　ギブアップギブアップ！」

たちまち顔を赤くした新太郎はテーブルをタップした。

「言うか」

「言う言う、言いますってば！」

「よーし」

景子が腕を離すと、新太郎は大きく息をして、

「……ほんとにもう、景子さんって容赦ないんだから」

「あら、ちゃんと手加減したわよ。本気出したら今頃、あっちの世界に行っちゃってるわ。

そんなことより、さあ、言いなさいってば」

「はいはい。言いますよ。でもね、景子さんもとっくに気付いてていいことなんだよ」

「何のことよ？」

景子が訊くと、新太郎は顎を摩《さす》りながら答えた。

「だからさ、口紅のこと」

「口紅？」

「高野が持ってた催涙スプレー、口紅型だって言ったよね。見た目は本物と変わらないんで

しょ？」

「ええ、鑑識員が間違えたくらいだから」

「おかしいと思わない？　どうして男の高野が口紅そっくりな催涙スプレーを持ってるのさ。女性ならカムフラージュになるけど、男が口紅を持ってたら逆に目立つじゃない」

「……ああ、言われてみれば、そうかもしれないわね。でも、だとしたら、どういうことなのよ？」

「もうひとつ、絵美さんが持ってた催涙スプレーは？　彼女は襲われた相手に投げつけたって言ってるけど、現物は見つかったの？」

「それは……見つからなかったわ」

「やっぱりね。つまりさ、催涙スプレーはひとつしかなかった。口紅型の、女性しか持たないようなものしかね。そう思えない？」

「ってことは、あれは絵美の？」

「そうだよ。事件の経緯はさっき景子さんが話してくれたとおりだったと思う。でもあの催涙スプレーが絵美さんのものだとしたら、最後の場面だけは違ってくるよね。高野は橋にしがみついて、這《は》い上がろうとしていた。絵美さんはその様子を見て、自分を襲った男の正体に気付いたんだよ。そして戻っていって、欄干に手を掛けた無防備な状態の高野に、今度こそ正確に催涙ガスを浴びせた。多分、防護眼鏡を外して吹きつけたんだろうね。高野はたまらずに手を離し、川に落ちていった」

「絵美が、高野を……」

「その後、彼女は川に入った。高野が本当に死んだかどうか確かめるためだろう。そこで彼女は四賀の遺体も見つけた。最初はびっくりしただろうけど、きっと彼女も頭のいいひとなんだろうね。景子さんが行き着いたのと同じ結論、つまり高野の計画に気付いたんだ。それで彼女は、ふたりが争って殺し合ったことにしてしまおうと考えた。催涙ガスを四賀の顔に吹きつけ、スプレーを高野のポケットに入れた。そのまま彼女は、その場を立ち去ってしまうつもりでいたんだろうね。でも、それができなかった。巡回中の警官に見つかってしまったからだよ。警官に職務質問されて、彼女は咄嗟に嘘を吐こうとした。しかし上手い嘘が思いつかない。ところどころ本当のことを言ってしまった。その結果、あの不思議な状況が生まれたってわけだよ」

「なんてことかしら……嘘と本当が混じり合って、逆にあたしたちは惑わされてしまったってわけね」

景子は感心したように頷く。

「催涙スプレーを詳しく調べれば、彼女の指紋が見つかるかもしれない。それが証拠になるだろうけど……いや、もっと確実なのがあるな。景子さん、絵美さんはまだ病院？」

「ええ、とりあえず一晩は病院で寝かせてるはずよ。なぜ？」

「大至急、彼女の靴を調べてみるべきだよ。ヒールの高い靴だった？」

「ええ、あたしでも歩きにくそうなブーツだったわ」

「だとしたら、そんな靴のまま川に入ってはいないかもね。靴を脱いで入ったとしたら、景子さんと同じことになってるはずだよ」

「あたしと同じじって……あ、泥汚れ！」

「家に帰っていないのが幸いしたね。物証は残ってると――」

新太郎の言葉を最後まで聞かずに、景子は立ち上がった。

「行ってくるわ」

「行くって、病院に？　お風呂はどうするの？」

「後で入るわ」

そう言って、景子はにっこりと微笑んだ。

「事件を片付けて、新太郎君とゆっくり入るわ。待っててね」

汚い部屋はいかに清掃されたか？

1

西野完《にしのたもつ》にとって、これが最初の物件だった。

大学卒業後に就職した商社を四カ月で辞め、その後は派遣会社に登録して様々な仕事を経験し、しかしどれも長くは続けられないでいた。別に夢があるわけでもなく、やりたい仕事があるわけでもない。できれば安定した仕事に就いて、自分の時間を大切にした生活を送りたいと思っていた。そのためには多少の我慢もする気でいたのだ。

しかしどんな仕事も続けていくうちに違和感を覚えてしまう。黒い泡のようなものが体の奥から沸き上がってきて、いたたまれなくなるのだ。そんなことの繰り返しで、結局どんな職場にも腰を落ち着かせることができなかった。最近は諦めかけていた。自分はきっと一生、こんなふうにして生きていくのだろう。だったら逆に、どんな仕事でもかまわない。そのときそのときに実入りのいい仕事をして、厭になったらまた別の仕事を見つければいいんだ、と開き直りの気持ちさえ生まれてきた。だから、この仕事にもためらいなく飛び込むことができたのだった。最初から音を上げることはわかっている。やってみて駄目なら、すぐに辞めればいい。

しかし、いざその物件を目の前にしたとき、完は自分の考えが甘かったかもしれないと思いはじめていた。やってみて駄目かどうか、なんて問題じゃない。最初から無理だ。こんなの、どうしようもない。絶対に不可能だ。

「すごいっすね……」

いろいろな思いを籠めて、彼はそう呟いた。

「こんなもんだよ、みんな」

坂戸《さかと》篤志《あつし》が事も無げに言った。

「いや、むしろ楽なほうかな」

「楽……ですか」

「ああ、臭いがない。珍しいくらいにな」

完は恐る恐る鼻呼吸をしてみる。腐臭が鼻腔から肺に流れ込んできた。思わず咳き込みそうになる。

「結構臭いじゃないですか」

「おまえが来る前に扱った物件は、こんなもんじゃなかった。ほとんどが生ゴミだったからな」

「それは……すごそうですね」

「ああ、すごい。十年分の生ゴミが堆積してるんだ。人間をやめたくなるくらいだった。それに比べればこんなもの。オモチャだ」

坂戸は目の前の山を指差した。その山を構成しているのは、錆《さ》びた自転車、折り畳み椅子、段ボール箱、壊れたテレビ、そして何かが詰め込まれたビニール袋など。少なくとも二十坪はあるだろう庭いっぱいに、それらのゴミが積み上げられている。

「オモチャ、ですかあ……」

完は坂戸の言葉を繰り返した。

「そうだ、これから俺たちはこのオモチャを片付けるんだ」

「ふたりきりで？」

「そう、ふたりきりで」

完は溜息が出そうになるのをなんとか堪え、振り返った。築後五十年は経っているだろう古びた平屋住宅の前に彼らのトラックが停まっている。車体には「お片づけサービス隊」と書かれていた。どんなゴミでもきれいさっぱり撤去する、それが彼らの仕事だ。

今日の仕事は目の前にあるゴミの山と、家の中にあるゴミの始末だった。これをふたりきりでやるというのは、いくらなんでも無理だろうと思った。しかし坂戸は平然としている。やはり、やるつもりらしい。

こんな仕事、やめとけばよかった。完は心の底から後悔した。今からでも逃げ出すことはできないだろうか。もちろんそんなことをすれば怒られるだろうし、馘首《くび》になるだろう。それでもかまわない。完は坂戸の様子を窺い、逃げ出すタイミングを計った。

「あの」

不意に声をかけられ、完は飛び上がりそうになった。

「これから始めるんですね？」

この仕事の依頼者、道中勇治《みちなかゆうじ》だった。三十歳前後の、ほっそりとした男だ。

「ええ、よろしければ始めますが」

坂戸が答えた。

「伯父さん、始めるそうだから」

道中が声をかけたのは、六十歳か七十歳くらいの、小柄な男だった。無精髭を生やし、擦り切れた青いスウェットを着ている。この男がゴミ屋敷の主らしい。男は何か小声で言ったようだったが、完の耳にははっきりと聞き取れなかった。道中は頷くと、坂戸に言った。

「お願いします」

そのとき、家の前にもうひとり男がやってきた。六十歳は過ぎているだろう、頭頂部あたりまで禿《は》げ上がり、残った髪も胡麻塩状態。痩せた体に少々草臥《くたび》れた灰色のジャケットを羽織っている。男は言った。

「これから撤去が始まりますか」

「はい」

と言いながら道中が相手を窺う。どうやら面識がないらしい。その様子に気付いたのか、男が言った。

「町内会長をやらしてもらっとる石毛《いしげ》と言います」

「ああ、あなたが……甥の道中と言います。このたびは本当にご面倒を……いや、お世話をおかけしました」

道中が深々と頭を下げた。

「いや、儂《わし》は何も……」

石毛と名乗った男は手を振って、

「しかし、よくもまあ吉田《よしだ》さんが承諾されましたな」

「はい、まあ……」

道中は隣に立つゴミ屋敷の主——吉田をちらりと見ながら、遠慮するように頷く。余計なことを言われて彼の気持ちが翻《ひるがえ》るのを恐れているようだった。詳しい経緯は知らないが、ゴミ屋敷の住人にゴミの撤去を承諾させるのには、かなりの苦労と時間が必要となることくらいは理解できる。やっとここまで漕《こ》ぎ付けたのだから、今更御破算にはしたくないのだろう。

そんな道中の気持ちに気付かないのか、石毛は吉田に向かって、

「いや、まさかあんたがゴミを片付ける気になったとはなあ。儂らがどんなに頼んでも耳を傾けてくれんかったのに。やっぱり身内の説得は効くんだなあ」

と少々ねちっこい口調で言った。石毛と吉田の間にどんなことがあったのか知らないが、近隣の住人との軋轢《あつれき》も相当のものがあったのだろう。町内会長となれば、そのことの矢面に立たされていたのかもしれない。そんなこんなで溜まった鬱積《うっせき》が、口調に滲んでいるのかもしれないな、と完は思った。

吉田は石毛の当て擦りに対して、短い言葉を返した。

「女房は、帰ってきたかね？」

瞬間、石毛の顔色が変わった。

吉田は相手の狼狽《ろうばい》ぶりに皮肉っぽい笑みを浮かべたが、すぐに顔を顰めて自分の胸のあたりを摩りはじめた。

「心臓、痛いんか」

道中が訊くと、

「……大丈夫」

吉田は首を振った。あまり大丈夫な様子ではなかった。

「どこか悪いんかね？」

石毛が訊く。

「ええ、ちょっと。伯父さん、俺の車の中で横になるかね？」

道中は伯父を支えようとしたが、吉田は首を振って甥の手を振り払った。

「さあ、始めるぞ」

坂戸が宣言する。

「あの、私たちも手伝ったほうがいいですか」

道中が尋ねると、坂戸は短く、

「結構です」

と言った。そして西野に指示する。

「西野、おまえ家の中に入って様子を見てくれ。俺は庭のほうを見てみる」

さっさと分担を決められ、否も応もなかった。

「家の中も、酷いんですか」

そう訊いたところでどうしようもないことはわかっていたが、訊かずにもいられなかった

のだ。板戸は素っ気なく、

「俺は知らんよ。だから確認するんだ」

とだけ言った。完はまたも溜息を我慢すると、思い切って玄関の引き戸を開けた。

予想どおり、三和土も足の踏み場がない状態だった。段ボール、傘、花瓶に木彫りの人形、そして靴靴靴靴……。

足先で掻き分け、やっとできた空間で自分のスニーカーを脱いだ。

廊下にも何やらわからないものが積み上げられている。人間ひとり、やっと通り抜けられる程度の隙間《すきま》しかない。本当にこれを全部片付けようというのか。無理だ。絶対に無理。やはり隙を見て逃げ出そう。

そう思いながら、なんとか廊下を抜けた。その向こうには部屋があった。

中に入ると、それまで我慢していた溜息が、ついに吐き出された。

やれやれ。

吐き出した空気を再び吸い込もうとしたそのとき、
世界が砕け散った。

え？

一瞬心に浮かんだ疑問符は、すぐに暗黒の中に呑み込まれていった。

2

名古屋市北区、地下鉄志賀本通《しがほんどおり》駅近くに今回の現場があった。

「いやあ、ここまで積み上げられとると、いっそ壮観だわなあ」

パトカーを降り、現場である家の前に立った間宮警部補が、感慨深げに言った。

「よくもまあ、こんなに集めましたねえ」

生田刑事も半ば唖然とした表情をしている。彼らの前にあるのは、まさに混沌《カオス》としか言いようのない光景だった。

「どうやったら、こんなにゴミを溜め込めるんでしょうか」

生田の問いかけは、しかし誰にも答えられないまま霧散した。何事にも動じることのない鋼鉄の意思を持った人物が、彼を押し退《の》けるようにして前に立ったのだ。

「行くぞ」

京堂景子警部補の一声に、生田は思わず背筋を伸ばした。彼女の後ろに捜査一課と鑑識の一隊が続く。

先に到着して現場保全をしていた北警察署の署員が、生田と同じように体を硬直させ、操り人形のようにたどたどしく敬礼をした。

「この中か」

景子が尋ねると、

「あ、はい！　そうであります！」

まだ年若い制服警官は、号令でもかけるかのような声で返答した。景子が玄関から中に入るまで、彼はそのままの姿勢で立っていた。彼女の姿が消えると、その反動のように地面にへたり込んだ。

「……やっぱ俺、駄目だわ。警官に向いてないわ……」

そんな彼の呟きは、幸いなことに景子の耳には届かなかった。

「中も、とんでもない状態だな」

三和土に立った間宮が顔を顰める。立つといっても足下は踏み場もないくらい様々なものに占領されているので、爪先立ちをするしかなかった。

「うひゃあ」

一緒に入った生田も、周囲を見回して驚きの声をあげる。

「こんなとこ、よく人が住んでいられたよなあ。俺なら絶対に――」

「生田」

景子の一言が、生田の大仰な独白を断ち切った。

「後が支《つか》える。さっさと上がれ」

「あ、はい」

生田は慌てて上がろうとした。そのとき、廊下の向こうからグレイのスーツを着た男が姿を現した。

「どうも。北署の早水《はやみず》です」

もっさりとした物言いだった。ぬいぐるみの熊のような体型で、髪は短く刈り上げている。

「わざわざご足労願って申し訳ありません。ご覧のとおりのゴミ屋敷です。歩きにくいですから気をつけてくださいね」

まるで自分の家のように言う。

「遺体は奥ですか」

景子が問うと、

「はいそうです。まだ搬送していませんからご覧いただけますよ。ときにあなたが京堂警部補さんですか」

「ええ」

「やっぱりね。いや、お噂はかねがね伺っておりますです。県警の捜査一課には氷みたいに冷たくて鋼みたいに強い美人の刑事さんがおると。噂どおりの別嬪さんです」

早水は弛んだ頰を更に緩ませる。その様子を見て生田は、心の中で密かに十字を切った。

景子は早水の眼を見つめ、言った。

「通せ」

短い一言だが、早水の脂肪を切り裂き心臓に一突きするだけの威力を秘めていた。彼は巨体を震わせるようにして後退った。

景子が廊下に上がると、早水はそのまま後退りながら道を空けた。彼女は自分の三倍以上の体重を持つであろう早水を、その眼力だけで押しやっていたのだ。廊下にもいろいろなものが転がされていて、彼が言ったとおりとても歩きにくい。早水は転びそうになりながら壁に手を突き、半ば転がるようにして後退した。

廊下の突き当たりに背中を打ちつけると、早水は言った。

「こ、ここです。この右の部屋」

すでにびっしょりと汗をかいていた。景子は返事もせずに部屋に入った。

八畳間だった。中央に年代物らしい卓袱台《ちゃぶだい》が置かれ、部屋の隅にはこれもまた懐かしい手回しチャンネル式のテレビが置かれている。

不思議なことに、この部屋はきれいに片付いていた。ゴミひとつ、落ちていないのだ。

いや、落ちているものはひとつだけあった。テレビの前に、男が俯せに転がっている。顔は見えないが、まだ若そうだった。草臥れたチノパンを穿き、作業着らしいライトブルーのブルゾンを着ている。その背中には「お片づけサービス隊」という文字がプリントされていた。後頭部の髪が濡れ、首筋にまで流れて赤い模様を描いていた。

倒れている男の近くに、別の人間が立っていた。ライトブルーのジャケットを着た、まだ二十歳代に見える男だった。

「被害者の身許は？」

景子が問いかけた。男はうろたえたように口を開け閉めした。

「北署の人間ではないのか」

「あ……い、いえ。そうです。北署の……上村《かみむら》です」

「ならなぜ報告できない？」

「えっと……すみません、その――」

若い男は緊張しすぎているのか、言葉もろくに喋れないようだった。

生田は内心彼に同情した。愛知県内の警察署の中で京堂景子の名は広く轟《とどろ》き渡っている。たしかにそれだけの実績もあるし、捜査の際の容赦のなさは容疑者に対しても捜査員に対しても変わらなかった。ずっと身近で仕事をしている自分でさえ、彼女の冷徹さにはいまだに震え上がってしまうくらいだ。

しかし噂話の常とはいえ、景子についての風評はかなり歪曲《わいきょく》されて伝わっているきらいがあった。彼女の一瞥で退職に追い込まれた警察署長がいるとか、逮捕の際に抵抗した暴力団の組員をプロレスラーも顔色を無くすような激烈な技で行動不能にしたとか……いや、それらの話は実際にあったことなのだが、最近では捜査現場での対応の拙《まず》さを景子に糾弾《きゅうだん》され、そのまま出世コースから外されたキャリア組の若手がいたとか……いやいや、それもまた実際にあったことだった。ただその一件に尾鰭が付いて、景子に睨まれたら刑事生命を断たれる、という噂が立ち、現場での景子への対応について、どこもかしこも過敏に反応しすぎているようなのだ。特に新人は景子に対して粗相があってはならないと意識しすぎるあまり、上村刑事のようにがちがちになってしまう。

「俺が報告します」

後ろから早水が声をあげた。

「そいつは初めての殺人現場で、ちょっと緊張してるみたいなんで。被害者は——」

景子は手を挙げて早水の言葉を遮ると、酸素を求める魚のように口をぱくぱくさせている上村に向かって言った。

「これから捜査をする。狭い部屋に使えない人間を置いておく余裕はない。自分が役立たずだと思うなら、すぐに消えろ。そうでないと言いたいなら、おまえが私の質問に答えろ」

「あ……はい」

　上村刑事は震える手で自分の手帳を開いた。

「ひ、被害者は西野完二十五歳、えっと……『お片づけサービス隊』という清掃会社の社員です。本日午前九時からこの家……吉田喜蔵《きぞう》さんの家のゴミを清掃するために同僚の坂戸篤志さんと一緒にやってきました。定刻どおりに始めようとしたのですが、西野さんが殺害されてしまい、作業は中断ということに……」

「遺体発見の経緯を詳しく。殺害時、この家には他に人間はいなかったのか。同僚はどこにいた？」

「あの、坂戸さんは庭のほうのゴミを片付ける準備をしていたということです。西野さんはひとりでこの家のゴミの状況を調べるために家に入りました。その後、坂戸さんが様子を見るために家に入ってみると、西野さんがこの状態で倒れていたということです。遺体が発見されたのは……午前九時半前後ということです。そのときこの家の中には西野さんの他に誰もいなかった、と坂戸さんは証言しています」

「この家の関係者は？」

「家の主である吉田喜蔵さんと甥の道中勇治さんがいました。あとひとり、近所のひとらしいんですが石毛隆興《たかおき》というひとも」

「彼らの話を直接聞きたい。どこにいる？」

「それが……病院なんです」

「病院？　なぜ？」

「西野さんの遺体を見て、吉田さんが倒れてしまったんだそうです。もともと心臓が悪くて、何度か心筋梗塞の発作を起こしてたそうなんですが。吉田さんはすぐに救急車で病院に運ばれました。道中さんも付き添って病院に行ってます」

「坂戸篤志と石毛隆興は？」

「石毛さんは家に戻っています。三軒向こうの家だそうです。坂戸さんは……」

上村の言葉が途切れる。

「庭のほうにいますよ」

早水が言った。

「署員がひとり付き添ってます」

景子は振り返った。すでに生田や間宮、そして鑑識員が遺体や遺体のまわりを調べはじめている。八畳間は鮨詰《すしづ》め状態だった。早水は部屋に入れず廊下に立っていた。

「坂戸篤志の話を聞きたい。連れてきてくれ」

景子が言うと、早水は巨体を揺らして姿を消した。景子も廊下に出ようとして、上村に視線を戻した。

「ひとつだけ、言っておく」

「……は、はい」

「報告の仕方は悪くない。もっと自信を持て」

乾いた唇を震わせている上村を置いて、景子は部屋を出た。

廊下で待っていると、早水が遺体と同じ上着を着ている男を連れてきた。四十歳くらいの小柄な男だった。

「坂戸篤志さんですね？」

景子に問われ、坂戸はおずおずと頷いた。

「西野完さんの遺体を発見したときのことを、もう一度お話し願います」

「ああ、はい……」

少々気の抜けた返事をしてから、坂戸は話しはじめた。

「西野には家の中を確認させたんです。俺は庭を見て、それから段取りを考えようと思って。二十分くらいしてからあいつの様子を見に家の中に入ったら、あんな感じで……」

と、坂戸は八畳間のほうを指差す。

「びっくりしちまって、すぐに一一九番して救急車に来てもらったんですが、もう息がないって言われて……最初は何か事故があったんだと思ったんです。でも、そんなふうでもないようだし、それに救急車のひとがこれは他殺だって言い出して、それで……」

坂戸の視線は定まっていなかった。まだこれが現実のことだと認識できないでいるようだった。

「あなたが部屋に入ったとき、他に誰かいましたか」

「誰もいませんでした。この家の主の吉田さんと石毛さんって近所のひとと一緒に家に入ったんですが、他に誰もいなかったのは確かです」

「この家にはもうひとり、いたのでは？」

「……ああ、依頼主の道中さんです。あのひとは……そういえば西野を見つけたときにはいなかったな」

「依頼主というのはあなたがたにこの家の清掃を依頼したという意味ですか」

「はい。うちに連絡してきたのは道中さんでした。吉田さんは道中さんの伯父に当たるひとだそうで」

「遺体を発見したときに道中さんがどこにいたのか、わかりませんか」

「さあ……」

坂戸は首を捻るだけだった。

「質問を変えます。西野さんと別れてから遺体を見つけるまでのことを順に話してください」

「順に、といっても……俺は庭のゴミの山のほうへ行って、どこから手を付けたらいいか確認してただけですが……」

「吉田さんと石毛さん、ふたりと一緒に家に入ったと言ってましたね。ふたりとも庭にいたんですか」

「ええ、あのひとたちが庭に来て、それから変な音がしたって言うんで家に入ってみたんですが」

「変な音？　どんな音ですか」

「俺はゴミの山にかかってたんで聞いてないです。吉田さんだったか石毛さんだったかが、家の中で音がしたって言ったんですよ」

「具体的にどのあたりで音がしたんですか」

「庭に面してる雨戸の向こうから、とか言ってました。ちょうど、そのあたりですよ」

坂戸は西野の遺体が転がっている八畳間のほうを指差した。景子は部屋に入り、北側の窓を覆っているカーテンを捲《めく》った。ガラス窓の外側は雨戸で閉じられている。

「この向こうが、庭か」

景子は廊下に戻った。

「音がして、すぐに家に入ってみたのですか」

「いや、西野がゴミの片付けを始めてるんだろうと思ったんで、気にすることはないと言ったんですよ。最初のうちはね。ただ、その後は音がまったくしないんで逆に気になりまして。もしかして逃げたんじゃないかって」

「逃げた？」

「西野の奴、これが初仕事だったんですよ。庭のゴミの山を見るなりげんなりしてるのがわかりました。俺の顔色を窺うような素振りも見せてました。ああこれは逃げる気かもしれないな、と思ったんです。前に一度、現場を見るなり逃げ出した奴がいたんで」

「逃げるかもしれないのに、ひとりで仕事をさせたのですか」

「逃げるつもりならそれでもいいと思って。そんなへっぴり腰の奴と仕事をするより、さっさと逃げてもらって社から別の作業員を補充してもらったほうが仕事がしやすいと思ったんですよ。手の空《あ》いてる奴がいることは知ってたんでね。で、逃げたかどうか確認するために家に入ったんです。そしたら……」

遺体を発見したときのことを思い出したのか、坂戸の表情が重く沈んだ。

「西野さんを発見したときの状態は、あのままでしたか」

「はい、すぐに抱き起こそうとしたんですが、頭から血を流していたんで、そういうときは下手に動かさないほうがいいと聞いてたんで、救急車を呼んだんです。結局その救急車は、西野じゃなくて吉田さんを運んで行っちまったんですけど」

「吉田さんはいつ倒れたんですか」

「救急車がやってきた後です。救急隊員が『これは他殺だ』って言い出して、石毛さんが『誰がやったんだ?』って言ったときに、その……」

それまでわりと能弁に話していた坂戸が、そのとき不意に口籠もった。

「何か？」

景子が尋ねる。

「あ、いや、別にこんなこと言ったからって、そのせいで疑われることはないですよね？」

「言ってみてください。あなたに不利な話ですか」

「い、いえ、俺じゃないですよ。吉田さんがね、その……『俺じゃない』って大声で喚いて、そのまま胸を押さえて倒れ込んじまったんです」

「俺じゃない……吉田さんはたしかにそう言ったんですね？」

「はい、それは間違いないと思いますが。それで救急隊員がすぐに病院に運ばなきゃならないと言ったんで、道中さんが付き添って救急車に乗せられたんです」

「道中さんは、いつ家の中に？」

「……それは、わからないです。気が付いたら、そこにいたって感じで」

「なるほど」

景子は頷き、もう一度八畳間のほうを見た。

「西野さんと別れて遺体を見つけるまで二十分ほどだったと言いましたね。正確な時間はわかりませんか」

「えっと……たしか二手に別れたのが九時五分過ぎくらいで、西野が倒れているのを見つけたのが……九時半前後だったと思いますが」

「その間、二十分から二十五分くらい？」

「そう、ですね。それくらいです」

「……妙だな」

景子の呟きに、坂戸が不安げな顔になる。

「何か……俺の話が問題でも？」

「あります。とても問題だ」

坂戸の顔色が、はっきりと変わった。

「俺は別に何も……」

「気が付きませんか。奇妙だと思わなかったんですか」

景子は畳みかけるように言う。

「わたしは、この部屋に入ったときから変だと思ってるんですが」

「何の、ことですか」

早水が訊いた。部屋の中で捜査をしている刑事たちや鑑識員たちも、手を止めて景子の様子を窺っている。

「まさか、みんな気付かなかったというのか。生田、おまえはどうだ？」

「その……もしかして、ゴミのことですか」

生田はおずおずと言った。

「そうだ、ゴミだ」

景子は言った。

「ゴミ屋敷の中で、この部屋だけ、ゴミひとつ、ない」

その場にいる者たちは皆、自分の足下を見回した。彼女が言うとおり、その八畳間はごく普通の家と同様、きれいに片付いている。

「二十分から二十五分の間に、どうやってこんなにもきれいに片付けられたんだ？」

景子は問いかけた。答える者は、誰もいなかった。

3

三十分ほどして、道中勇治が病院から戻ってきた。

「伯父は今、病院で眠ってます。命に別状はないということですが」

吉田喜蔵の家の前で、道中は言った。

「でも心配なんで付き添っていたいんですよ。できれば早く病院に戻りたいんですけど」

「申し訳ありませんが、もうちょっとだけご協力願いますよ」

早水が言った。

「県警さんがどうしてもあなたから話を聞きたいというもんですから」

道中は景子に視線を移した。

「それで、何を聞きたいんです？　亡くなったひとのことはお気の毒だと思いますが、今日初めて会ったんですよ。私に答えられることは何もないと思いますが」

「あなたが答えられることだけで結構です」

景子は言った。

「被害者の西野さんが家に入ってから後のことを教えてください。あなたはどこで何をしていましたか」

「最初は伯父に付き添って、ちょうどこの場所に立っていました。でも伯父の体調が気になって、道沿いに停めてある私の車に乗せて休ませました」

「それから？」

「それからは……そうそう、町内会長の石毛さんが伯父を呼びにきたんです。庭のほうで作業員が訊きたいことがあると言ってるとかで。私もついていこうとしたんですが、伯父がいいと言ったんで、私はそのまま車の中で待っていました」

「どれくらい、車にいたんですか」

「そうですね……十分くらいでしょうか。そしたら救急車のサイレンが聞こえてきて、それが家の前に停まったんでびっくりして車から飛び出しました。救急隊員に『この家のひとですか、怪我人はどこにいるんですか』と矢継ぎ早に訊かれて、一層驚いてしまいました。ちょっと離れている間に何が起きたのだろうかと。で、すぐに思ったのは伯父が発作を起こしたのでは、ということでした。慌てて庭を見ても誰もいない。それで家の中に入ってみたら、あんな騒ぎになってたというわけです。その後、伯父が発作を起こして救急車に乗せられたんですが、タイミングが良かったと言うべきなのかどうか……」

「吉田喜蔵さんが発作を起こして倒れるところはご覧になっていたんですね？」

「はい」

「そのときの様子を教えてください。なぜ吉田さんは倒れたんですか」

「なぜも何も、あんなものを見たんですから、ショックを起こしたに違いないでしょう」

「救急隊員が西野さんの状態を見て『これは他殺だ』と言った後に吉田さんは倒れた。そうですね？」

「……ああ、そうだと思います」

「そのとき、吉田さんは何と言ったんですか」

「それは……」

「聞いていますよね？」

景子の言葉には生半可な嘘など粉微塵《こなみじん》に砕く力があった。道中は躊躇《ちゅうちょ》した後、言った。

「たしか、『俺じゃない』と……。でも、そうに決まってるでしょう。伯父がどうしてあのひとを……」

「この家のゴミを撤去することを、吉田さんはどうして承諾したのですか」

「え？」

「自分の意思でこれだけのゴミを溜め込んでいた人間が、そう簡単に撤去することを承諾す

ると は思えないのですが」

「それは、私が繰り返し説得したからですよ。たしかに最初は許してくれなかったです。不要なゴミなんかひとつもない、ここに置いてあるのはみんな資源だとか言ってね。家の中にも最後まで一度も入れさせてくれなかった。でも、私が根気強く話したら、最後には納得してくれたんです」

「なぜあなたは、ゴミの撤去に熱心なのですか」

何気ない問いかけだった。しかし道中の反応は少々過剰だった。

「そんなの、どうでもいいじゃないですか！」

いきなり声を荒らげたのだ。しかし恫喝《どうかつ》など景子の前では何の効果もない。

「何か、あるようだな」

景子の声の調子が変わった。とたんに初夏の空気が凍りつき、その場にいる人々の心が冷たくかじかんだ。道中の眼に明らかな怯えの色が宿った。

「……この土地は、伯父ひとりのものじゃないんです」

彼は抵抗を諦めたようだった。

「私の母、つまり伯父の妹と共同の名義になってます。祖父が亡くなったとき、土地をどうするかで揉《も》めました。伯父は祖父の代からあるこの家に住み着いたまま、動く気はないようでした。それどころかゴミを溜め込んで、こんな有り様にしてしまった。母は自分に対する嫌がらせではないかとまで言ってます。しかしそんな伯父も、自分が病気がちになってから気持ちが変わったようです。だから私の説得にやっと応じてくれたんですよ。伯父自身も、この臭いにはさすがに耐えられなくなってきたみたいですしね」

庭のほうから、いやな臭いが漂ってくる。生田は鼻をひくつかせ、顔を顰めた。

「生田」

不意に名を呼ばれ、慌てて顔を戻す。

「坂戸篤志をもう一度呼んでこい」

生田は大急ぎで庭にいた坂戸を連れてきた。

「まだ何か？」

坂戸は露骨に迷惑そうな顔をする。

「吉田喜蔵さんを庭に呼んだのはなぜですか」

「俺が？　呼んでませんよ」

そう言ってから、

「……ああ、勘違いなんですよ」

「勘違い？」

「庭で作業の段取りを考えてたときに石毛さんがやってきて『ゴミの選別をするのに吉田さんを呼んできたほうがいいんじゃないか』と言ったんです。俺はその必要はないと言ったんですが、石毛さんが吉田さんを連れてきちまったんで」

「必要ないと言ったのに、連れてきたんですか」

「ええ、俺が『結構です』と言ったのを『結構ですね』と聞き違えたみたいでね」

「それは私も聞き間違えそうになりましたよ」

と道中が言う。

「私たちも手伝ったほうがいいですかって訊いたときに、やっぱり坂戸さん『結構です』って言って」

「ああ、そうでしたっけ？　俺、語尾が聞き取りにくいってよく言われるんですよ」

坂戸は苦笑した。

4

「坂戸さんたちが庭で物音を聞いたとき、誰かが家に侵入して西野を殺したんでしょうかね？」

歩きながら、生田が訊いた。

「そう考えるのが自然だわな」

間宮が答える。

「だがなあ、どうして西野を殺したのか、それがわからん。誰かに恨みでも買っとったのかな？」

「恨みってことになると、一番怪しいのは同僚の坂戸ですよね。仕事から逃げたがる西野に腹を立てて……」

「そんなことくらいで殺しとったら、世の中死体だらけだわ。それに坂戸はずっと庭におった。雨戸も窓も中から閉まっとるし、家に入って西野を殺すことはできんぞ。機会があるのは、道中のほうだ。あいつは車で独りきりになっとったと証言しとるが、その間に家に入って西野を殺すことはできたはずだ」

「まあ、確かに可能だったとは思いますけど……でも、どうして道中が西野を殺さなきゃならないんですか」

「それは、わからん」

間宮はあっさりと言った。

「動機のことを考えると、まったくわからんようになる」

「しかし犯人が吉田なら、わからんこともないですな」

早水が言った。

「どういうことです？」

生田が尋ねると、早水は自慢げに、

「ゴミの撤去を一応は承諾したものの、いざとなるとやっぱり厭になった。それでゴミを片付けようとする西野を殺した。これなら筋道が立つでしょう？」

「立ちませんよ。吉田は心臓に爆弾を抱えてるんですよ。それに彼はずっと誰かと一緒にいたんです。殺せる機会なんてありません」

「そうか……そうですなあ……ううむ……」

早水は巨体を縮めるようにして唸ると、

「京堂警部補、どう思います？」

それまで黙って歩いていた景子に尋ねた。

「まだ結論は出ませんが」

景子は言った。

「このひとの話を聞けば、わかるでしょう」

立ち止まったのは、一軒の家の前だった。吉田の家ほどではないが、築二十年以上は経っていそうな二階建ての一軒家だ。古びた表札には「石毛」と書かれている。

景子がインターフォンのボタンを押すと、

――はい、どなたかな？

嗄《しわが》れた声が応じた。

「愛知県警の京堂と言います。お話を伺いたいのですが」

――今日は疲れとるんだ。またにしてくれんかな。

「それはできません。これは殺人事件の捜査ですから」

例によって有無を言わせない口調だった。

返事は、なかった。景子はインターフォンから顔を離した。

「生田、裏へ回れ」

「え？」

「早く行け！」

意味はわからなくても、景子の指示には体のほうが本能的に従うようになっている。生田は走り出した。

ブロック塀に沿って石毛の家をぐるりと回り込む。反対側にも小さな門があった。鉄製の門扉が開けっ放しになって、ゆらゆらと揺れていた。

逃げた、と思った。なぜ逃げなければならないのかわからないが、とにかく逃げたのだ。

生田は走った。

角を曲がると、細い路地を駆けていく後ろ姿が見えた。頭頂部の禿げた年輩の男だった。

「待て！」

思わず叫ぶ。もちろん相手は待たない。さらに必死になって駆けだした。

そのとき路地の向こう側がいきなり塞がった。大きな体が通せん坊をするように立ったのだ。

「早水さん！」

生田は叫んだ。もう大丈夫だ。あいつは逃げられない。

駆けていく男は、早水の巨体が目の前にあっても速度を落とす様子はなかった。そのまま彼にぶつかっていく。

あ、と思わず声をあげた。体当たりを食らった早水の体が、呆気《あっけ》なく、あまりにも呆気なくひっくり返ったのだ。

男は仰向けに倒れた早水の体を踏み越えて、さらに走った。そして角を曲がった。

次の瞬間、鼓膜を切り裂くような音がした。

車の急ブレーキの音だった。

5

「今回は新太郎君の助けを借りずに解決できたはずなのになあ……」

コーヒーの湯気が立ち上るカップを前にして、景子は溜息を吐いた。

「石毛ってひと、即死？」

向かいの席に座った新太郎が尋ねる。

「ええ、トラックの前に急に飛び出したんだもの、どうしようもないわよ。あー、どうして早水なんかに任せちゃったんだろ。あたしが捕まえにいけば、こんなことにはならなかったのに……」

「自分を責めちゃいけないよ。景子さんはやるべきことをしたんだから」

景子は生田を裏手に回し、さらに間宮と早水を家の横手に付かせた。そして自分はインターフォンを鳴らしつづけたのだ。逃げ出されないように注意しながら説得を続けるつもりだった。しかし彼女の思惑より早く、石毛が行動を起こしてしまった。その上、早水が意外なくらい足腰の弱い人間だったことが不幸な事態を招いてしまったのだった。

「石毛がやったんだろうってことは、すぐに見当がついたの。冷静に考えてみれば、彼しか可能な人間がいないものね」

「道中さんが吉田さんを休ませるために車に連れていった、そのときに吉田さんの家に入ったんだね」

「そうだと思う。そこで西野を殴って殺し、家を出て庭に向かう。坂戸に吉田を呼んでこようかと声をかけ、『結構です』と断られたのに聞き違えたふりをして吉田を連れてきた」

「道中さんが似たようなことを訊いて坂戸さんが『結構です』と答えたとき、語尾が聞き取りにくくて肯定か否定かよくわからなかったのを石毛さんも聞いていた。だから自分が聞き間違えても怪しまれないだろうと考えたのかな？」

「でしょうね。そして家の中から怪しい音がすると言い出した。当然これも嘘だったのよ。本当はそのとき、もう西野は死んでいたんだから。でも音がしたと坂戸と吉田に思わせることで、自分のアリバイを作ろうとしたのね。姑息《こそく》で場当たり的な手口だけど」

「そうだね。石毛ってひと、短慮というか、衝動的な性格だったんだね」

「みたいね。でも……わからないんだよなあ。どうして石毛は西野を殺しちゃったわけ？」

彼は吉田にゴミを撤去してもらおうとしてた人間なのよ。なのに……理由がわかんないわ」

「それと、現場の部屋がきれいに片付けられていたわけも」

「そうそう、それそれ。あんな短い時間に、どうやって西野は部屋を片付けられたのか、それも不思議でならないの。でも、それは事件とはあまり関係ないと思うけど」

景子は肩を竦めた。しかし新太郎はコーヒーを口に運んでから、

「それはどうかな。もしかしたら、関係あるかもよ」

「どういうこと？　新太郎君、何か思いついた」

「うん、ちょっとね」

新太郎はカップを置き、髪を掻き上げた。景子の好きな仕草だ。

「吉田さんの家だけど、甥の道中さんも中に入ったことなかったんだよね？」

「そう言ってたわね。『家の中にも最後まで一度も入れさせてくれなかった』って」

「なるほどね。あと、家の中で現場の部屋以外にきれいなところはなかった？　たとえば浴室とかトイレとか」

「あ、そう言えばトイレと風呂場は片付いてたわね。さすがにそんなとこにまでゴミを溜め込まないだろうと思ったんだけど。そうじゃないの？」

「最後にもうひとつ質問。家の中の臭いは？」

「臭い？」

「臭《くさ》くなかった？」

「それは……あんまり感じなかったわ。うん、今考えてみると、臭いって感じじゃなかっ

た」

「やっぱりね」

納得したように新太郎は頷く。

「ねえ、どういうことよ？　何かわかったのなら教えてちょうだいよ」

「まあ、これは僕の想像なんだけどさ、吉田さん、自分で集めたくてゴミを集めてたんじゃないと思うよ」

「どういうこと？」

「普通のゴミ屋敷の住人ってさ、とにかく何でもかんでも集めちゃうんだ。それこそ臭うようなものでもね。でも吉田さんは臭くなるようなものは持ち込まないようにしてたと思う。そこには理性が働いていたんだよ。つまり、意図的にゴミ屋敷を作ってた」

「なぜ？　どうしてそんなことを？」

「道中さんが言ってたじゃない。『母は自分に対する嫌がらせではないかとまで言ってます』ってさ。そのとおりだったんだと思うよ。家と庭をゴミだらけにすることで、簡単に財産分与させられないようにしてたんだよ」

「なるほどねえ。あ、じゃあどうして今になってゴミを撤去することを許したのかしら？」

「その理由は、多分臭いだ」

「臭い？　家の中はしなかったって——」

「家じゃなくて、庭だよ。そっちのほうは臭ったんでしょ？」

「あ、そうそう、何かが腐ったような臭いがしてた。それで厭になったってわけ？」

「そうじゃないかな。本当は吉田さん、清潔好きだったのかもしれないね。だから臭いに我慢できなくなってゴミを撤去してもらうことにした。それで石毛さんは困ってしまったんだよ」

「どういうことよ？　石毛はゴミを撤去してもらいたがってたんじゃないの？」

「表向きはね。でも本心は逆だった。だからゴミの撤去が始まったときに慌てて、西野さんを殺してしまった。ほとんど衝動的なんだけど、彼にとっては筋道立った行動だったのかも」

「どんな筋道？」

「だからさ、もしもあの家で殺人が起きたら、現場保全のためにゴミの撤去は見送られるじゃない」

「あ……」

「もちろんそれは一時的なものだよ。でも一時的だろうと何だろうと、そうしなきゃならないと彼は思ってしまった。さっきも言ったように石毛さんって短慮なひとだったみたいだからね。でも短慮なりに考えたつもりだったんだろう。犯行後吉田さんを庭に連れ出したのも、自分と一緒に彼のアリバイも作るためだった。もしも吉田さんが犯人になってしまったら、やっぱりあの家のゴミは撤去されてしまうだろうからね。石毛さんとしてはゴミ撤去の張本人である道中さんに罪を被せるのが一番いい方法に思えたんだろうな」

「そういうことなの……」

景子は首を振った。

「でも、どうしてそうまでしてゴミを片付けさせたくなかったのかしら……」

「それは、実際に片付けてみればわかるよ」

新太郎は言った。表情が、少し沈んでいる。

「きっと庭のゴミの中に、石毛さんが絶対に見つけてほしくないものが隠されている。そしてそれが……腐った臭いの元凶だろうね」

6

庭に積まれたゴミが崩されていくごとに、その臭いは強くなった。

「何があるんだ？」

生田は顔の下半分を手で覆いながら、呟いた。

「景ちゃん、何があるのか、もうわかっとるようだな」

隣に立つ間宮が言うと、景子は頷いた。

「近所の人間には、実家に帰っていると言っていたそうです」

「石毛の、嫁さんか」

「実際は、実家にもいませんでした。行方不明です」

——石毛ってひと、短慮というか、衝動的な性格だったんだね。

新太郎の言葉を景子は思い出した。

「喧嘩の原因が何だったのか、もう誰も知る人間はいません。ただ結果はわかっている。石毛は浅慮な人間だったんです」

彼は始末に困ったのだろう。どこか遠くに捨てたくても、彼は車の運転もできなかった。だから手近なところに捨てるしかなかったのだ。

「自分の目の前からなくなれば、それで済むと思っとったのかな」

「そうかもしれません。ゴミはどんどん積み上げられ、それを見えなくしてしまった。しかしそうなったら、今度はゴミの撤去が始まるからといって、前もって掘り出すこともできなくなった。作業が始まるのを手をこまねいて見ているしかなかったんです。石毛は焦っていたのでしょう。それで、あんなことをしてしまった」

「なんとも、やりきれん話だわな」

スチール製の机が崩れ落ちた。その下からくろいビニール袋がいくつか顔を出す。

腐臭が、さらにきつくなった。

熊犬はなにを見たか？

1

その角を曲がる寸前、淳《あつし》の耳に悲鳴が聞こえた。

わっ、とか、ぎゃっ、とか、複数の声が一斉に沸き上がったようだ。

何だろう、と思う間もなく、彼の前に真っ黒な塊《かたまり》が立ち塞がった。

淳の身長は百四十センチ。その胸元近くまでの高さがある。真っ黒で、毛むくじゃらの怪物だった。大きな口が開き、牙《きば》と歯茎と、そして長い舌が見えている。

「あ、危ないぞ！」

声がした。道の端に若い男が尻餅をついている。

「逃げろ！　危ないぞ！」

腰を抜かしているのか起き上がろうともせず、やたらに手を振って淳に警告していた。その後ろには同じ年頃らしい女性が青ざめた顔で立ち竦んでいる。どうやら先程の悲鳴の主はこのふたりらしい。いきなり彼と遭遇して、肝を潰したのだろう。

淳はしかし動かなかった。目の前に立つ彼の眼を、じっと見つめる。

彼のほうが淳に近付いていく。全身を覆う黒い毛が、午後の陽差しを受けて艶《つや》やかに輝いた。荒い息が胸元に掛かるほどになった。淳は、手を伸ばした。

ひっ、と腰を抜かした男がまた悲鳴をあげた。淳は構わず手を伸ばし、彼の頭に触れた。

「ノア、この時間にいるなんて、珍しいね」

大きな頭を撫でられ、彼——ノアは気持ち良さそうに眼を細めた。


ノアは近くにある十束《とつか》という家で飼われている犬だ。がっしりとした大きな体は真っ黒な毛に覆われ、近付いてくるだけで圧倒されてしまう。同級生の田波《たなみ》の家にいるゴールデンレトリーバよりずっと大きい。まるで熊のようだった。だからみんな、熊犬と呼んでいた。

ノア同様、十束というひとの家も、このあたりで一番大きな建物だった。淳の住んでいる賃貸マンションより大きいかもしれない。鉄槍を並べたような門と蔦《つた》の絡まった塀に囲まれた、お城のような屋敷だ。

ノアの飼い主は絵描きだと聞いていた。絵を描く仕事をすると、あんな大きな家に住めるのだろうか。いつだったか新聞に、そのひとが描いた絵がカラーで載っていた。渚を白い服を着た女の人が裸足で歩いている絵だった。絵のことはよくわからないが、淳はその絵を見てきれいだと感じた。彼の母親も同じ感想を持ったようで、

「きれいな絵ねえ。本当にあのひとが描いてるのかしら？　信じられない」

と言っていた。

淳もノアの飼い主を何度か見かけたことがある。大人にしては背が低くて、ひどく痩せていた。でも髭だけは立派で顔の下半分を覆っていた。いつも不機嫌そうな顔をして、せかせかと歩いていた。実際すごく怒りっぽいひとらしく、歩道で自転車に乗っていたお婆さんに衝突しそうになって、物凄い勢いで怒ったらしい。ふらふらするな、とか、年寄りのくせに自転車なんかに乗るな、とか。近くを歩いていたひとたちまでびっくりして立ち止まるくらいの怖さだったそうだ。怒鳴られたお婆さんはそのまま動けなくなって、しばらくしてから自転車を引いてとぼとぼと歩いて帰っていったそうだ。

そんなひとだから、近所の評判はよくない。たとえ有名な絵描きでも、そういうひとが近くに住んでいたら傍迷惑だからだ。

その上、この頃はもっと困ったことが起きるようになった。ノアのことだ。

ノアは毎日散歩に出る。以前は夕方頃に絵描き自身が連れて歩いていたが、最近は昼間になると一頭だけで屋敷を出てくるようになったのだ。

引き綱も付いていない巨大な黒い犬がのしのしと歩き回るだけで、近所のひとたちには恐ろしいことだった。もしも子供が嚙《か》まれたりしたら。いや、大人だって襲われたらただでは済まないかもしれない。

近所の母親たちは何人かで集まって屋敷に行き、抗議することにした。危険だから犬を放し飼いにしないでほしいと。その中に淳の母親も入っていた。だから淳は、そのときのことを母親から直接聞くことができた。

応対に出たのは絵描きの奥さんだった。絵描きと違って、とても大人しくて優しそうなひとだった。奥さんは母親たちの前で床に擦りつけそうなくらい頭を下げて謝ったそうだ。すみません申しわけありませんごめんなさいと、泣きながら謝ったそうだ。

いきなりそんなことをされて、母親たちは戸惑ってしまった。淳の母親が、わたしたちは謝ってもらうために来たのではない、あの犬を独りきりで外に出さないでほしいだけなのだから、と説明したが、奥さんはただ泣いて謝るばかりだったそうだ。申しわけありませんすみません、それしか言わなかった。

そのとき、家の奥から絵描きが出てきた。母親たちと泣いている奥さんを見て、目玉をギロリと光らせ——本当に光った、怖かった、と母親は淳に話した——一体何があったのだと奥さんに訊いた。奥さんは、いえ何でもありません心配なさらないでくださいと、無理矢理笑顔を作って絵描きに言った。絵描きが奥に引っ込むと、奥さんはまた頭を床に擦りつけるようにして謝りはじめた。ごめんなさいごめんなさい申しわけありません。

母親たちはもう何も言うことができなくなって、帰ってきてしまった。そして絵描きの奥さんの身の上に同情した。きっとあの奥さんは旦那に酷い暴力を受けているんだ。だから口答えもできないんだ、と。ノアの独り歩きは恐ろしかったが、それ以上抗議もできなくなった。ノアは我が物顔で近所をのし歩き、母親たちはノアが出歩く時刻になると子供たちを外に出さないようにした。

淳がノアと知り合ったのは、夏休みに入ったばかりの頃だった。

母親からノアのことは注意されていた。近付くな、見つけたら逃げろと。だから歩道に植えられた百日紅《さるすべり》の下にいるノアの姿を見た瞬間、走って逃げなければならないはずだった。しかし、淳はそうしなかった。座ったまま空を見上げているノアの横顔に、なぜか引き付けられたからだ。そこには噂されている凶暴さも威圧感もなかった。体つきのわりに小さな眼は意外なくらい愛らしく、口から垂れている長くてピンク色の舌もきれいだった。淳が近付いていっても、ノアはそのままの姿勢でいた。恐る恐る手を伸ばしてみた。頭に手を載せても、ノアは動かない。ゆっくり撫でてみても嫌がる素振りはない。耳のあたりを掻くように撫でると、心持ち首を傾け気持ち良さそうに眼を細めた。

その日から、淳はノアを見かけるたびに耳を掻いてやった。ノアのほうも淳の顔を覚えたのか、見かけると寄ってくるようになった。母親が見たら卒倒するかもしれないが、淳はノアが凶暴な犬ではないことを知っていた。見かけだけでそう思われているのだと。

だからその日も、淳はノアに手を伸ばし、撫でてやったのだった。今日はいつもより遅い時間だったので、会えないと思っていた。だから、嬉しかった。

地面にへたり込んでいた若い男が、やっと立ち上がった。

「そいつ、本当に大丈夫なのか」

恐る恐るといった様子で淳に訊く。

「おとなしいよ。いい子だもん」

そう言われても、男はあまり信用していないようだった。

「あんた、ビビりすぎ。あたしまで引きずられてビビっちゃったじゃん」

連れの女性が男の頭を叩いた。

ノアが歩きだした。淳は喧嘩をはじめたふたりを置いて、彼と一緒に歩きだした。今日は少し、ノアと歩きたい気分だった。

ノアの口から胸のあたりの毛がぐっしょりと濡れていた。見ると歩道に面した家の前にバケツが置いてあって、中に水が入っている。

「喉渇いてたんだな。でもこんな汚い水なんか飲まなくていいのに」

淳はノアの歩調に合わせて歩く。ノアは時折街路樹の根元の匂いを嗅ぎ、空を見上げ、何か考えているかのようにじっと動かなくなる。それからまた、歩きだす。淳はそんなノアの振る舞いを、ずっと見ていた。塾をずる休みした後ろめたさも口うるさい母親のことも、ノアを見ていると何でもないことのような気がしてきた。

もうすぐノアの家だ。ノアが家に入るのを見届けてから帰ろうと思った。

だが、十束の家の前では異変が起きていた。近所の人間たちが外に出て、家を取り囲むようにしているのだ。彼らはノアがやってくるのに気付くと、驚いて飛び退《の》いた。人垣が切れ、出入り口の門が見えた。そこには制服の警官が立っていた。

ノアはかまわず門に向かっていく。警官は突然現れた巨大な犬に驚いて後退った。彼の手が腰に伸びるのを見て、淳は思わず叫んだ。

「駄目っ！」

警官が銃を抜いてノアを撃つのではないかと思ったのだ。

そのとき、門から男がひとり出てきた。ノアの飼い主の絵描きではない。もっと若くて、もっと大きな体をしている。

「どうした？」

男が訊くと、警官は腰に伸ばした手を引っ込め、

「あ、あの、あの犬が……」

と言った。

男はノアと淳に気付いた。こちらに向かって歩いてくる。淳は身を竦めた。よくわからないが、怒られそうな気がしたのだ。

「……なるほど、たしかにでかい犬だ」

男はそう言うと、今度は淳に眼を向けた。

「君、名前は？」

淳は体を強張らせ、ノアに触れた。ノアは淳を安心させようとしているかのように、身を寄せてきた。

2

名古屋市名東区高針《たかはり》にある十東澄彦《すみひこ》の家に愛知県警捜査一課の刑事たちが到着したのは、九月十五日午後四時半のことだった。

「十東澄彦っつうと、あれだな、この前まで展覧会やっとった画家だな」

間宮警部補が門を通り抜けるときに言った。

「あ、そうなんですか」

生田刑事が首を傾げる。

「すみません、俺、絵はわかんないんで」

「二科展だったか日展だったか、そんなところで評判になって、絵の世界ではそこそこ知られとるわ。ずいぶんときれいな絵を描くひとだて」

「間宮さん、絵のほうも詳しいんですか」

「好きな絵をたまに観に行く程度だがな」

「その十束ってひとの絵も好きなんですか」

「いや、正直言って好みじゃなかったな。俺にはきれいすぎるでかんわ」

ふたりの会話を尻目に、京堂景子は無言のまま玄関に向かった。画家の家らしい瀟洒な建物だった。一足先に到着していた名東警察署の刑事や鑑識員たちが、緊張した面持ちで彼女を迎える。

「現場は？」

景子の問いかけに、

「は、こちら、です」

若い刑事がたどたどしい動作で案内した。

庭に面した広いリビングに、その遺体はあった。白いダンガリーシャツに紺色のチノパンという飾り気のない格好をした、小柄な男だった。ソファとテーブルの間に仰向けになって倒れている。貧相にも見える痩せた顔に、驚愕とも恐怖とも取れる表情を貼り付かせたまま絶命していた。左のこめかみのあたりから流血し、それが床に敷いたカーペットを濡らしていた。

その遺体を見つめながら、景子は言った。

「経緯を」

若い刑事は自分の手帳を取り出すと背筋を伸ばし、少々強張った声で報告した。

「本日午後三時四十三分、被害者の妻である十束恵美《えみ》さんから警察に通報がありました。近くの交番の署員が駆けつけて遺体を確認したのが三時五十五分です。恵美さんは今日、午前十一時から友人と観劇のため家を留守にしており、澄彦さんだけが家にいたそうです。恵美さんが友人と一緒に家に戻ってきたのが午後三時半過ぎで、すぐに澄彦さんの遺体を発見したそうです」

「遺体の外傷は、こめかみだけか」

「まだ全身を確認していませんが、今のところそこだけのようです。鈍器のようなもので殴られています。死因も恐らくはそれではないかと……あ、これもまだ確定したことではありませんけど」

景子が捜査に憶測や思い込みを持ち込むことを極端に嫌うという話は、県警全体に知れ渡っているらしい。

「犯人の侵入経路はわかるか」

景子が咎め立てすることなく次の質問に移ったので、刑事は安堵の表情で答えた。

「それなんですが、玄関も門も施錠されていなかったようです。つまりこの家は、出入り自由だったわけです」

「なぜ鍵を掛けていないんだ？」

「普段から玄関ドアの鍵を掛ける習慣はなく、戸締りは門で行っていたそうです。その門の鍵もどうやら、犬のために外していたらしいんですが」

「犬？」

「飼っている犬です。散歩をさせるために門を開けることが多かったそうで」

「誰が散歩に連れていくんだ？」

「それが、犬だけで外に出してたようです。勝手にそのへんを歩き回って、勝手に家に帰ってくるとかで」

「不用心だな」

間宮が言った。

「そのまま犬が逃げちまったらどうするんだ。第一事故に遭ったら大変だて」

どうやら家の保安より犬の安全のほうが気がかりなようだ。

「それで、犬はどうした？」

「それが、まだ帰ってきていないみたいです」

「ますます問題だがね。いかんなあ」

間宮は首を振った。景子はそんな同僚を無視して、尋ねた。

「十束恵美は、今どこに？」

「自分の部屋で休んでいます。友人も一緒にいます」

「話を聞きたい」

景子は若い刑事に案内され、生田、間宮とともに恵美の部屋へ向かった。

壁もカーテンも調度も白で統一された、簡素な部屋だった。恵美はベッドに腰を下ろし、俯いていている。年齢は四十歳そこそこといったところだろうか。澄彦よりずっと若く、あまり所帯じみた雰囲気はなかった。座っているのでよくわからないが、身長は高そうだった。モデルのように痩せている。

彼女の肩を抱いて慰めている女性は、五十歳代くらいだった。恵美とは対照的にでっぷりとした体つきで、身に付けているペイズリー柄のワンピースがはち切れそうに見えた。

「十束恵美さん、ですね。わたしは愛知県警捜査一課の京堂景子と言います。こちらは同僚の間宮と生田です。ご心痛とは思いますが、捜査に協力をお願いします」

景子が言うと、恵美は顔をあげた。苦痛と疲労に翳《かげ》ってはいても、その面差しには少女めいた美しさがあった。

「あのひとに、あんな酷いことをしたのが誰か、わかったのですか」

か細い声で訊いてくる。

「いえ、これから捜査するところです。そのためにも協力が必要なんです。早速ですが、今日一日のことについて話していただけますか。あなたが家を出たときのことから」

「……はい」

景子に促されて恵美が語ったのは、先程刑事が報告したことと同じだった。

「今日の観劇は前から決まっていたんですか」

「はい、チケットを予約して楽しみにしておりました」

「ご主人と一緒に出かけなかったのは、何か理由でも」

「あのひとは、お芝居を観るのが嫌いなんです。それよりも家で絵を描いていたいと言って……だから聡子《さとこ》さんと……」

「わたしのことです」

ワンピース姿の肥《ふと》った女性が言った。

「聡子さん、と仰るのですか」

「はい、影山《かげやま》聡子です」

「恵美さんとのご関係は？」

「今では仲のいい友達です」

「今では、といいますと？」

「以前は問題もあった、という意味です。わたし、十束澄彦の前妻なんです」

景子はかすかに眉を動かした。氷の女という異名どおり滅多に表情を動かすことのない彼女でも、多少は驚いたようだ。

「前妻と後妻が友達かね。それは珍しいな」

間宮が正直な感想を口にした。

「そういうことがあっても、変ではないでしょう？」

聡子は抗弁するように言った。

「同じ男に苦労させられた身の上です。他のひとにはわからないこともありますから」

「そんなに苦労したんですか」

尋ねたのは生田だった。言ってしまってからすぐに、慌てたように手で口を塞ぎ、景子のほうを見た。余計な口出しを彼女から咎められるのではと心配したのだろう。しかし景子は何も言わなかった。

「しましたとも。十束澄彦ってひとは、わがままと癇癪《かんしゃく》が服を着て絵を描いてるようなひとでしたから。自分勝手で他人の言うことは何ひとつ聞こうとはしません。おまけに怒りっぽくて誰彼かまわず怒鳴りつけてました。だからご近所でも多分、いい評判はないと思います。そんな人間と四六時中付き合ってるなんてどれだけ大変か、やっぱり経験した者でないとわかりません。わたしたちはふたりとも十束澄彦の被害者なんです」

「聡子さん……」

恵美が怯えたような声を漏らす。聡子はそんな彼女の肩を叩き、

「大丈夫。こういうことはね、最初にちゃんと言っておかないと逆に疑われるんだから」

と言った。

景子はふたりの女性を、ただ見つめていた。心臓を射貫くような冷たい視線ではない。静かな眼差しだった。彼女は恵美に尋ねた。

「玄関も門も鍵を掛けていなかったと聞きましたが、本当ですか」

「……はい、主人は玄関の鍵は掛けないでいいと言っていました。門で施錠すればいいからと。その門も、ノアが散歩するときには開けておくように言われてました」

「ノアというのが、お宅にいる犬ですか」

「はい、賢い子で、ご近所をひとりで散歩して、ちゃんと家に戻ってきます。大人しくていい子なんですけど……ご近所からはいろいろ言われてしまいました」

「いろいろ？」

「犬を放し飼いにするな、と」

「当然だわな」

間宮が言った。

「車に撥ねられたり誰かに連れてかれたりしたら大変だわ。やっぱり犬は飼い主がちゃんと引き綱を付けて散歩せんと」

「はい……重々承知しております。すみません」

恵美は頭を下げた。

「でも……主人が『犬なんかひとりで散歩させればいい』と申しまして……わたしがついていってやろうとしても、あの子ではとてもわたしでは……」

「そんなに狂暴なのかね？」

「いえ、先程も申しましたとおり大人しくていい子です。でも、ちょっと体が大きくて、私の力では引っ張ることもできないんです」

「そんな大きな犬を外に出しておるのかね。非常識だわ、それは」

　間宮は憤慨する。

「申しわけありません……」

　恵美はただ、頭を下げるばかりだった。

「恵美さんを責めないでください」

　聡子が声をあげた。

「みんな、あのひとがいけないんですから。何もかも自分の思いどおりにしないと気が済まなかった、あのひとが悪いんです」

　意外な反論に、間宮は言葉を呑み込んだ。

「話を変えます」

　景子が言った。

「家の中を荒らされた様子はありませんでしたか」

「ありました。主人の部屋やアトリエが誰かに探られたように荒らされていました。主人の財布がなくなっていますし、コレクションしておりました時計もいくつかなくなっています」

　恵美が答えた。

「時計は高価なものですか」

「わたしは詳しくないのですけど、何百万もする時計もあったと思います」

「やっぱり物取りか……」

生田は呟く。次の瞬間、氷の槍で貫かれたように体を硬直させた。景子の視線が彼を射貫いていた。

「生田」

「は……はいっ！」

「近所の聞き込みをしてこい。予断を交えずに事実だけ報告しろ。いいな」

「はいっ！」

生田は一礼すると部屋を飛び出していった。景子はそれを見送ってから、あらためて恵美に尋ねた。

「ご主人を恨んでいる人間は、いましたか」

「それは……」

恵美は言葉を濁す。

「たくさんいましたよ」

代わりに答えたのは聡子だった。

「何しろあんな性格だから、ひとに恨まれることは多かったんです。画壇にも画商たちにも疎まれてました。さっきの犬の話もそうですけど、近所付き合いも駄目なひとでした。そんなこんなで恨んでいる人間は大勢いると思います」

「殺したいほど恨んでいる人間も？」

「それは、わかりません。怨恨であのひとが殺されたとしても、意外には思いませんけどね。でもこの事件、物取りの犯行じゃないんですか」

「予断は禁物です」

景子と間宮は恵美の部屋を出ると、再び犯行現場のリビングに戻った。

「死亡推定時刻ですが、だいたい今から三時間ほど前、午後二時前後と考えられるそうです」

先程報告役となった若い刑事が言った。

「被害者の部屋とアトリエに物色された形跡があるらしいな。他には？」

「今のところ、痕跡が残っているのはそこだけです。盗まれたのも被害者の財布と時計が数点とのことでした。どちらも目立つ場所に置かれていたそうですが」

そのとき、リビングに生田が入ってきた。

「戻ってきましたよ、犬が」

「犬？　ここの飼い犬か」

「はい、しかも子供付きで。いやあ、ありゃたしかにでかいですよ。まるで熊だ」

3

玄関から先程の男と、一緒に女のひとがひとり出てきた。淳は緊張で体を硬くした。ノアは自分の家に戻って安心したのか、芝生の上に伏せている。

女のひとは淳を見つめた。すごくきれいなひとだった。テレビに出てくる女優のようだ、と淳は思った。

「なぜこの子まで入れた？」

でもその声を聞いた途端、淳の背筋がひやっと冷たくなった。こんなに怖い声で話す女のひとには、今まで会ったことがない。

「それは、あの……この子にも話を訊いたほうがいいと思いまして……」

男は小さくなっていた。母親に怒られたときの自分のようだ、と淳は思った。

「生田、もういいから聞き込みに行け」

女のひとに言われると、男は飛び出すようにして門から出ていった。

　女のひとは、ノアのほうを見た。

「ニューファンドランドだな」

「知ってるの？」

　淳は思わず声をあげた。ノアと仲良くなった後、その名前は犬の図鑑を調べてやっと見つけた。他の誰も知らないいと思っていた。

「実際に見たのは初めてだ。カナダ原産。体は大きいが性格は大人しく、人間に従順。足許の悪い海岸や沼地を歩いていたため、足指の間には水掻きがある」

　ふっ、と女のひとの眼が優しくなった、ような気がした。

「君、名前は？」

「池戸《いけと》、淳」

「いつ、この犬と会った？」

「さっき。バケツの汚い水を飲んじゃってたんだよ。いつもよりちょっと遅い時間だったけど」

「いつもは何時頃散歩をしている？」

「えっとね……いつもはお昼過ぎの一時から二時の間くらい。夏休みはいつも、それくらいの時間のときにノアに会えたんだ。ねえ、ノア、お腹壊さないかな？」

「そんなに汚い水だったのか」

「……わかんない」

「犬は自分の害になるものを不用意に飲んだりしない。大丈夫だ。君は、ノアと仲がいいのか」

「うん」

淳は大きく頷いた。

「みんな、ノアのこと怖いって言ってるけど、全然怖くないいんだよ。すごくいい子なんだ。絶対吠えないし、噛みついたりもしないよ」

なぜノアのことを話したくなったのかわからない。でもこの女のひとにはわかってほしいと思ったのだ。

「ニューファンドランドは物静かな犬と聞いている。むやみに吠えたり騒いだりはしない」

そう言われて、淳はなぜかほっとした。

「ノアは頭もいいんだよ。門の把手《とって》のところに足を掛けてね、自分で門を開けられるんだ。だからひとりで散歩に行っても、ちゃんと家に戻れるんだよ」

「だが、犬の放し飼いは許されないことだ」

女のひとは言った。

「名古屋市は条例で犬の放し飼いを禁止している」

「ノア、警察に捕まるの？」

淳は怯えた。もしもそうなら、すぐにもノアを連れて逃げ出さなければ。

「お姉さん、警察のひと？」

「そうだ。だが心配しなくていい。ノアは捕まえない」

4

子供を帰すと、景子は芝生に寝ている大きな犬を見つめていた。

「なるほど、こりゃでかい犬だわ」

後からやってきた間宮がノアを見て感心したように言った。

「嚙みつきゃせんかな？」

「危害を加えようとしなければ大丈夫です。そろそろ遺体の搬送ですか」

「ああ、もうすぐ出てくるわ」

間宮の言葉どおり、澄彦の遺体を載せた担架が玄関から出てきた。

と、それまで寝そべっていたノアがむくりと起き上がった。ゆっくりと担架に近付いていく。担架を持っている鑑識員たちの足が竦んだ。ノアは遺体に掛けられた白い布をしきりに嗅ぎまわり、ヒンヒン、と鼻を鳴らした。その巨体に似合わない、か細い声だった。

「飼い主が死んだことがわかるんかな」

間宮の言葉に、景子は何も返さなかった。

澄彦の遺体が車に載せられるまで、ノアはずっと付いていった。車が発進しても、ノアは歩道に佇んだまま、見えなくなった車を眼で追っていた。野次馬たちはその光景を見て、しきりに言葉を交わしている。

聡子が玄関から出てきた。バッグから煙草を取り出し、口にくわえた。

「家の中は禁煙ですか」

景子が訊くと、聡子は煙を燻《くゆ》らしながら、かすかに微笑んだ。

「これも離婚の原因のひとつです。澄彦はああ見えて、酒も煙草も嫌ってました。わたしは逆。どうしてそんなふたりが十年も結婚できていたのかしらね」

ノアが戻ってきた。聡子は煙草を捨てて踏み消すと、ノアの前にしゃがんだ。

「まあ、大きくなったわねえ、ノア」

聡子が首を抱きしめると、ノアは鼻を鳴らしながら尻尾を振った。

「あんたにも懐いとるんですな」

間宮の言葉に、聡子はノアを抱いたまま頷いた。

「三年前に澄彦と別れたとき、ノアは家にきたばかりでした。まだ本当に小さな子でね。それがこんなに大きくなるなんて。その上、わたしのことをずっと覚えていてくれたみたいです」

「離婚して以来、ノアに会ったのは初めてですか」

「ええ、だから一瞬見違えちゃって……ああ、じゃああれはやっぱり、あんただったのね」

「あれ？」

「恵美さんとわたしがこの家に到着したとき、道の角を大きな影が曲がっていくのが見えたんです。真っ黒で大きな熊みたいでした。何かなって思ったんだけど、あれはノアだったのね。おまえ、町中をうろうろしたら駄目よ。みんなが怖がるから」

「澄彦さんはノアのことを可愛がっていたんですか」

景子が尋ねた。

「そうだと思います。少なくとも家にきたばかりのときは溺愛してました。恵美さんから聞いた話だと、今もそうみたいですけど」

「しかし散歩には連れていかなかった」

「彼は最近足の具合が悪くなってきたそうです。ノアと一緒に散歩するのが辛かったんじゃないかしら」

聡子が立ち上がると、ノアは彼女に擦り寄ってきた。

「澄彦さんと恵美さんの仲は、どうだったんでしょうか」

景子の問いに、聡子の表情が少し変わった。

「彼女を疑っているんですか。でも今日はわたしたち、ずっと一緒にいたんですよ」

「そういうことではありません。確認しておきたいだけです」

「ならいいんですけど。恵美さんはわたしと違って従順なひとだから、多分うまくいってたんじゃないかしら。澄彦が望んでいたのは、ああいう女性だったと思うし。恵美さんは昔、澄彦の絵のモデルをしていたんです。画家とモデルってすぐにくっつくと思ってるひともいるみたいだけど、少なくとも澄彦はそういうことがなかった。彼女と会うまではね。それだけに一度火がついたらもう、どうしようもなかったんです。わたしなんて眼中にないって感じで。そんな経緯だから一時は恵美さんのことを恨めしくも思ったんだけど、今はもう、そんなことありません。わたしはわたしでジュエリーデザインの仕事を始めて、そこそこうまくいってるんです。澄彦の妻のままだったら、自分で事業を始めるなんて考えもしなかったでしょうし、そんな才能が自分にあるなんてわからなかったでしょう。結果的には、こうなってよかったんだと思ってます」

聡子の言葉には淀みがなかった。

「澄彦さんの親族は？」

「日進市《にっしん》に継雄《つぐお》さんって弟がいます。警察に通報した後で恵美さんが電話を入れていたから、きっとこっちに向かってると思うけど」

「他には？」

「いません。親類は何人かいますけど、澄彦の性格のせいで仲違《なかたが》いして、縁が切れてるはずです。継雄さんもノアがきてからは、この家に出入りしてないかもしれないわね。ところで刑事さん、わたし、いつまでここにいればいいんでしょうか」

「すみませんが、もう少しお願いします」

「……まあ、いいわ。しばらく恵美さんに付いててあげたほうがいいだろうし」

聡子は屋敷に戻っていった。

「前妻とはいえ、あんまり元亭主が死んだことを悲しんではおらんようだな」

間宮が言った。

「だから怪しいとは言わんが、ちょっと気になる」

そのとき、生田が戻ってきた。

「あの、これは役に立つ情報かどうかわからないんですが……」

予防線を張るように言う生田に、景子は短く言った。

「話せ」

「は、はい。近所の住人に聞いてみてわかったんですが、あの大きな犬、ずっと家の前にいたみたいなんです」

「ずっというのは何時から何時までだ？」

「何人かに聞いてみたところ、最初に目撃されたのは今日の午後二時過ぎです。門の前に座り込んで、じっと中を見てたそうで。何時までそうしていたのかはっきりしないんですが、三時頃まではそうしていたみたいです」

「一時間もか。何をしとったんかな？」

間宮は首を傾げながら、芝生に寝ているノアを眺めた。

「何か怖いものがあって中に入れなかったのかもしれませんね……あ、これは単に想像ですけど」

「それはもしかして、殺人犯か」

「そうかも」

生田は景子の顔色を窺いながら言った。

その景子は、黙って考え込んでいた。

「どうした景ちゃん？」

「何か妙な感じがします」

「何かというと？」

「まだ、わかりません。筋道が立ちそうなのに、それがよく見えない……」

呟くように言った後、不意に彼女は門に向かって歩きだした。

「どうした？」

「頭の中を整理してきます。すぐ戻りますから間宮さん、しばらくここをお願いします」

それだけ言うと、景子は出ていった。

間宮と生田は言葉もなく、その後ろ姿を見送った。

5

帰ってもいい、と言われても、素直に帰る気になれなかった。淳は野次馬たちとは少し離れところから十束の家を見ていた。

集まっていた近所のひとたちの話から、絵描きが殺されたらしいということがわかった。

犯人はまだわからない。強盗かもしれないし、誰かに恨まれて殺されたのかもしれない。みんな、口々にいろいろな想像を話していた。

その話を聞いているうちに、淳はノアのことが心配になってきた。飼い主が死んだら、ノアはどうなるのだろう。あの奥さんがちゃんと世話をしてくれるのだろうか。これからもノアがひとりで街の散歩を続けたら、今度こそ近所のひとたちが怒りだすかもしれない。今までは絵描きのことが怖くて何も言えなかったが、あの優しそうな奥さんなら文句を言いやすいだろう。そうなったら奥さんはノアを家から出さないようにするのだろうか。そのほうがいいかもしれない。あの警察の女のひとも、犬の放し飼いは法律違反だと言っていた。でもそうなると、もうノアと一緒に歩くことはできなくなるかも……。

錯綜《さくそう》する思いに苛《さいな》まれながら、淳は十束の家の周囲を歩き回った。どうしたらいいのか、わからなかった。

家と家の間にある細い路地を通りかかったときだ。その路地の奥に誰かいるのが見えた。見たことのある服だった。後ろを向いて携帯電話を耳に当てている。

「うん、そうなのよ。犬はずっと家の前にいたみたい」

声にも聞き覚えがあった。あのひとだ。ノアがニューファンドランドだということをすぐに言い当てた、あの警察の女のひと。

向こうを向いているので、表情はわからない。でも声が変だった。十束の家にいたときの冷たくて怖い声ではなかった。何と言ったらいいのかわからないが、とても優しい声になっていた。

「……だからねシンタロウ君、あたしが思うには……うん……うん、そうかもしれない」

話している相手は「シンタロウ」というらしい。誰なんだろう、と淳は聞き耳を立てる。

「……そう、出入り口は正面の門だけ。裏口とかはないわ……ええ、淳って子の話だと、ノアはバケツの水を飲んでたって……まあ、たしかに今日も暑いし……」

いきなり自分の名前が出てきて、淳はびっくりした。まさか、自分が犯人として疑われているのだろうか。それともノアが……。

「なんですって⁉」

いきなり女のひとが大声をあげたので、淳は飛び上がりそうになった。声をあげた女のひと自身も、自分の声に驚いたのかあたりを見回す。淳は急いで角に隠れた。

そっと覗き込むと、女のひとは携帯電話に熱心に話しかけている。

「ってことは、つまり、そういうことなの？　……まさか、まだ？　……ええ、たしかに徹底して捜索したわけじゃないと思うわ。見逃しているところがあるかも……わかった、すぐに探してみる。ありがとシンタロウ君、おかげですっきりしたわ」

女のひとの声が明るくなった。誕生日プレゼントにネックレスをもらったとき、淳の母親もあんな声で父親に抱きついていた。

「事件が片付いたら、早めに戻るわね。じゃ、愛してるわ」

女のひとは携帯電話を耳から離すと、キスをした。チュッという音が淳の耳にまで届いた。

こちらに向かって歩いてくる。淳は慌てて逃げ出した。

女のひとは十束の家に向かっているようだ。大事な話を盗み聞きして気が咎めているのだが、それでも淳は後を追わずにいられなかった。自分の名前とノアの名前が出てきた理由を知りたい。

女のひとの足取りは軽かった。スキップしそうだった。でも十束の家に近付くにつれて、歩きかたは普通になっていった。後ろから見る雰囲気も変わっていた。先程までの幸せそうな感じが消えて、最初に会ったときの怖くて冷たい感じに戻ってきたのだ。

家の門を通ると、最初に淳に話しかけた男がいた。女のひとは、その男に言った。

「生田、捜査員全員に告げろ。この家の中を徹底的に捜索しろとな。ありとあらゆる場所をだ。それと十束恵美の身柄を拘束しろ。携帯電話を持っていたら取り上げて、誰とも接触できないようにするんだ」

「京堂さん、それってつまり……」

男の言葉を遮るように、女のひとは言った。

「質問は後だ。すぐに始めろ」

6

階段の下に三角形の収納スペースがあった。その中で彼は発見された。

中肉中背で特徴のない顔付き。彼は俯いたまま何も話さず、捜査員にリビングまで連れてこられた。

「あら継雄さん、遅かったわね。どうしてたの？」

聡子が尋ねた。

「遅くはありません。彼はこの家にいましたよ」

景子が言った。

「あなたがたが帰ってくるよりずっと前からね」

「前からって……どういうこと？」

そのとき、間宮に付き添われて恵美もリビングに入ってきた。恵美と継雄は一瞬顔を見合わせ、すぐに眼を背けた。

聡子が、はっとしたような顔をした。

「あなたたち、まさか……」

「このふたりの関係を、知っていましたか」

「いいえ、でも……そういうことなら、わかります。ふたりとも、結構気が合ってたみたいだし……でも、どういうことですか。継雄さんがずっとこの家にいたって……」

「隠れていたんですよ。澄彦さんを殺害してから、ずっとね」

「継雄さんが……」

聡子は信じられないといった様子で首を振った。

「あなたと恵美さんが芝居を観ている頃、十東継雄はこの家にやってきた。澄彦さんにリビングへ招き入れられると、彼は澄彦さんを殺害した。当初の計画ではそのまま逃走して、自分のアリバイ作りでもすることになっていたのでしょう。玄関も門もこの時間帯は鍵が掛けられていないのだから、物取りが入ってきて澄彦さんを殺害して逃げていったことにすればいいわけです。しかし、それができなくなった。彼は、この家から出られなくなったんです」

「どうして？　鍵は掛かっていないのに」

「いいえ、門に鍵が掛かっていたんですよ。それは彼自身が掛けたものですが」

「……よくわからないわ。自分で掛けた鍵なら自分で外せばいいじゃない。門の鍵といっても、内側からならノブを回すだけで外れるのに」

「それができなかったんです。なぜなら門の外にノアがいたからです」

「ノア……あ、そういうことなのね」

聡子は得心したように頷いた。

「先程継雄のことを聞いたとき、あなたは『継雄さんもノアがきてからは、この家に出入りしてないかもしれない』と言っていましたね。その理由を聞き損ねましたが、つまり……生田」

「はい」

「ノアをここに連れてこい」

景子がそういった瞬間、継雄は文字どおり飛び上がった。

「や、やめてくれっ！」

哀れなくらいの怯えかただった。

「生田、今の指示は取り消しだ。目的は達した」

景子はかすかに微笑んだ。

「門の外には散歩から帰ってきたノアが陣取っている。門に鍵が掛かっているので、いつものように自分で中に入ることができなかったんです。ノアは門が開くのをじっと待っていました。しかし継雄は、ノアが怖くて門を開けることができなかった。結果的に彼は、この屋敷から出られなくなってしまったんです」

「誰でも出入り自由になっとると思っとったら、じつは逆だったんだな」

間宮が言った。

「門を挟んで継雄とノアの睨み合いが続きました。先に降りたのはノアです。三時過ぎにいきなり門から離れていった。喉が渇いたからでしょう。ノアは水のあった場所を覚えていて、そこまで飲みに行ったんです。しかし継雄は、家から出ることができなかった。ノアと擦れ違いにあなたと恵美さんが帰ってきたからです。その後は警察までやってきた。こうなると彼は、ますます外に出られなくなってしまいました。しかたなく物置の隅に隠れ、捜査員たちがいなくなってから逃げ出すつもりでいたのでしょう」

景子はそう言うと、恵美に眼を向けた。彼女は押し黙ったまま、俯いている。

「聡子さん、あなたが今日この家にきたのは、恵美さんの誘いがあったからではないですか」

「ええ、澄彦が会いたがってるからって。わたしは会いたくなかったんだけど、彼女がどうしてもって言うから……でも、まさか……」

「今日の観劇にあなたを誘ったのは、自分のアリバイ作りのためでした」

「恵美さんも、共犯ってこと？」

「犬嫌いな継雄のためにノアを家から出しておいたのは、彼女です。同時に家に自由に入ることのできる状況を作って、物取りが夫を殺したことにするという目的もあった。もしかしたら澄彦さんはノアがひとりで外に出されていることを知らなかったかもしれない。

しかしあなたをこの屋敷まで連れてきてしまったことが、結果的に継雄の退路を断つことになってしまった。彼女だけなら継雄を逃がすこともできたんですが、あなたの眼を誤魔化すことができなかった。恵美さんは継雄の携帯電話に連絡をして、はじめて彼がまだこの屋敷内にいることを知ったのでしょう。もし前もって知っていたら、警察を呼ぶ前に彼を逃がす算段をしたはずですから。恵美さん、ずっと気が気じゃなかったでしょうね」

景子に訊かれ、恵美はかすかに体を震わせた。しかし、何も言わなかった。

「彼女は悪くない。みんな、僕がやったんだ」

継雄が引き攣るような声で言った。

「兄貴みたいな人でなしに彼女が辛い目に遭わされていることが、我慢できなかった。僕の手で、幸せにしてあげたかったんだ。だから……」

「供述は署で訊く」

景子は冷ややかに言った。

「ふたりを連行しろ」

7

パトカーに乗せられたのは、絵描きの奥さんだった。それともうひとり、見たことのない男もいた。

女房が犯人なのかよ、と野次馬たちの中から呟きが漏れた。ひでえ話だな。これじゃ、この家もおしまいだ。

淳の心の中は不安でいっぱいになった。飼い主の絵描きが死んで、奥さんが犯人で警察に連れて行かれたら、ノアは誰が面倒を見るのだろう。もしかして、保健所に連れて行かれるのだろうか。

どうしたらいいのかわからなかった。ノアを自分の家で飼うことはできるか。いや駄目だ。マンションでは犬は飼えない決まりになっている。こっそり飼っているひともいるようだが、小さな犬ばかりだ。とてもではないがノアのような大きな犬を隠れて飼うことはできない。いやそもそも、母親が許さないだろう。

では、どうしたら？

思いが千々に乱れて泣きそうになった。そのとき、門からあの女のひとが出てきた。淳は思わず飛び出した。

「あの……」

女のひとは立ち止まった。その隣に別の肥った女のひとが立っている。

「あの……ノアは、どうなるんですか」

「この子、誰？」

肥った女のひとが警察の女のひとに訊いた。彼女は答えた。

「ノアの、友達です」

「へえ」

肥った女のひとは淳を見つめた。優しそうな眼だった。

「君、ノアのことが心配？」

「……うん」

「大丈夫、ノアはわたしが世話をするから」

「ほんと？」

「ええ、あの子、わたしにも懐いてるのよ。この近くに住んでるから、ノアに会いにきてもいいわ」

「ほんと？　ほんと？」

淳はそれしか言えなかった。

肥った女のひとは淳の名前と住所を訊いていった。本当にノアにまた会わせてくれるつもりらしい。本当によかった、と淳は思った。

警察の女のひとが、そんな淳を見て、少し笑った。淳にしか見えないように、笑った。

それから彼女はパトカーに向かった。制服を着た警察官たちが体を強張らせて見送った。

あの女の人のことを、怖がっているようだった。

でも淳は知っていた。あのひとは、ノアと一緒だ。見た目は怖くても、本当は……。

京堂警部補に知らせますか？

1

毎週月水金、京堂新太郎は朝の家事を早めに済ませるようにしていた。妻が出勤した後は大車輪で〝仕事〟を済ませ、午前十時過ぎにはスポーツバッグにシューズやウェア一式を詰め込み、愛用のローバーミニに乗り込む。

混んでいなければ十五分ほどでアスレチックジムに到着する。受付でメンバーズカードを差し出すとリストバンドとセットになったロッカーのキーを渡される。

「ごゆっくりどうぞ」

受付の女性は他の利用者に対するときより三割増くらい明るい声になり、キーを受け取った彼がロッカールームに向かう後ろ姿をずっと見送っているのだが、新太郎はもちろん気付いてはいなかった。

着ていた服をロッカーに放り込み、持ってきたTシャツとハーフパンツに着替えていると、

「きたな兄ちゃん」

声をかけられる。いつも同じ時刻に来ている五十歳代くらいの男性だった。

「あ、おはようございます。お加減は大丈夫ですか」

「なんとか騙《だま》し騙しだわ。一度ギクッとやってまうと、後が長いでかんわ」

　男性は苦笑しながら自分の腰を叩く。ぎっくり腰になってもジム通いを止めないことに感心すべきかどうか、新太郎は判断しかねている。

「ロッカーの鍵、ちゃんと掛けとかなかんぞ。ほんとに物騒だでよ」

「ええ……何かあったんですか」

　含むような言いかたが気になった。すると男性は舌舐《な》めずりしそうな顔付きで、

「盗人《ぬすっと》が出たらしいんだわ」

「ここで、ですか。ロッカー荒らし？」

「ちゃうて、ジムの備品が盗まれたらしいんだわ」

「へえ……」

「だで気を付けなかんに。誰が出入りしとるかわからんで」

　そう言う男性の名前を新太郎は知らないし、男性のほうも新太郎の素性など知らないはずだ。

「わかりました。気を付けます」

　新太郎はロッカーのドアを施錠し、男性にもわかるように鍵が掛かっているかどうかを確かめてみせてからキーのリストバンドを手首に嵌《は》め、トレーニング室へと向かった。

新太郎がこのジムに通うようになって一年ほどになる。家事とイラストの仕事ばかりで一日を過ごしていると変化がない上に体も鈍る。特にイラスト描きは座ってする仕事なので腰に悪影響が出やすい。まだまだ若いと思っていたのだが――事実、まだ若いのだけど――このままではいけないと一念発起し、自分の家から比較的近いこのジムに入会したのだった。学生時代、スキー以外にはこれといったスポーツをしてこなかったのだが、ひとりでコツコツと体を鍛えるフィットネスが意外に自分には合っているのだと最近になって気付いた。おかげで怠けることもなく、こうして続いているのだった。

まず最初にエアロバイクに乗り、三十分ほどペダルを漕ぐ。ウォーミングアップを兼ねたエクササイズなので心拍数があまり上がらないよう負荷は軽めだった。室内にはＢＧＭの他、薄型テレビが何台も設置されていて各局のテレビ番組が流れている。それを眺めながらペダルを漕いでいると、

「おはようございます」

インストラクターがにこやかな顔で声をかけてきた。ユニフォームの胸元には「蜂谷《はちや》」と書かれたプレートが付いている。ちょっと見には高校生かと思うほど童顔の、しかし実際は新太郎と同年代の女性だった。

利用者には気軽に声をかけるように、と指示があるのかもしれない。インストラクターた

ちはなにくれとなく話しかけてきた。正直なところ新太郎はひとり黙々とトレーニングをしたいほうなので放っておいてほしいと思っているのだが、いくら「話しかけないでくださいオーラ」を放ってみても、彼らは見逃してはくれなかった。

「おはようございます」

新太郎は笑みを作って応じた。ぶっきらぼうな態度を返せるほどの気骨もない。

「京堂さん、いつも熱心ですねえ。週に何回通ってます？」

「三回ですね。できるだけ通うようにしようと思って」

「いいことですぅ。だから京堂さん、こんなにすらりとカッコいいんですね！」

あからさまなまでの賛美の言葉にどう応じたらいいのかわからず、新太郎は曖昧な笑みを浮かべるのが精々だった。子供の頃から容姿を誉められるたび、ひどく困惑してしまうのが常だった。特に女性からそういうことを言われると、どうにも身の置き所がなくなってしまう。

新太郎の他にもバイクを漕いでいる利用者は何人もいた。しかし蜂谷は彼とばかり話したがっているようだ。

「そうそう！　京堂さんの描いたイラスト、今週発売の雑誌で見ました。ほんとにもうそっくりで、すっごく上手ですね」

「あ、いや、どうも……」

　この春テレビドラマに主演する女優たちの似顔絵イラストを描いた仕事のことだろう、と察しが付いた。彼の仕事がイラストレーターであることは、とっくの昔に知られている。最初にそのことを彼から聞き出したインストラクターが、同僚にリークしたらしい。

　それでいて、彼が既婚者であることは誰も知らないようだった。質問さえされない。多分、既に結婚しているとは想像もできないのだろう。もちろん新太郎が自分からそのことを明かすつもりもない。

　このままだと仕事の話とか芸能界の話とか、あまり楽しくない話題に持っていかれそうだ。新太郎は自分から話題を変えることにした。

「ところで、ジムに泥棒が入ったって本当ですか」

　とたんに蜂谷の表情が変わった。といっても深刻になったのではない。

「そうそう！　そうなんですよぉ！」

　大袈裟に声を張り上げる。他の利用者たちが何事かと顔を上げるほどだった。

「その話、誰から訊いたんですか」

「いや、ちょっとその、ロッカールームで」

「ああ、もう広まっちゃったんですねえ」

そういうリアクションでは広まらないわけもないだろうと新太郎は思ったが、口には出さなかった。代わりに尋ねる。

「泥棒が入ったのは、いつ？」

「それが昨日の夜なんですよ」

「へえ、夜中のうちに誰かが忍び込んだんですか」

「かもしれません。怖いですよねえ」

「それで、何を盗まれたんですか」

「それがですねえ、鉄アレイなんですよ」

「鉄アレイ……」

新太郎は首を巡らす。エアロバイクが置かれているエリアの隣に筋トレマシンが並ぶコーナーがあり、その向こうに本格的なウエイトトレーニングのスペースがあった。そちらを利用したことはないが、様々な重さの鉄アレイが並んでいるのは知っていた。

「鉄アレイ、あそこにちゃんとありますけど」

「盗まれたの、ひとつだけなんですよ」

「ひとつ？　たったひとつ？」

「ひとつでも泥棒は泥棒ですって。ほら、最近金属のものが盗まれる事件ってあるじゃないですか。それなんじゃないかなって話してるんですよ」

「それにしても鉄アレイひとつとはねえ……どこかに紛れ込んでしまったとか、そういうことはないのかなあ」

「五キロの鉄アレイが紛れ込んじゃうようなことって、ないですよ」

五キロか。たしかに持ち出すのは簡単だが、誤ってポケットに入ってしまうとは思えない。

予定の三十分が過ぎ、新太郎はバイクから降りた。蜂谷はなおも彼と話したそうだったが、初心者の老人がバイクの扱い方について尋ねてきたので渋々――しかしプロとして表情には出さずに――そちらに行った。新太郎は正直、ほっとした。

ストレッチをして体をほぐした後、筋トレマシンに取りかかった。大腿筋、上腕筋、広背筋、大胸筋、腹筋、背筋と各部の筋肉を鍛えるマシンを次々とこなす。ウエイトを付けたバーを押したり曲げたり引いたりすると、筋肉が震え熱くなるのがわかる。それほど過酷な負荷ではないが、ひと通りこなすと息が上がった。

ベンチプレスマシンを相手に歯を食いしばっているとき、背後に人の気配がした。振り返ると大きな体が突っ立っていた。

ジムにくるといつも見かける男性だった。身長は百八十センチ近く、眼を見張るほど胸板が厚く、腕の筋肉は縄のようだった。黒く焼いた肌に豹柄《ひょうがら》のタンクトップ、ぴっちりと体に張り付く黒のロングタイツを穿いている。自分の体を見せびらかしたい人間でなければ、こんな格好はできない。ブリーチした長髪の下にあまり端整とは言い難い顔がある。ビジュアルを重視してみたプロレスラーのようだった。手には黒いスポーツタオルとロッカーのキーが握られている。手首には嵌めない主義らしい。

男は新太郎の体を眺め、彼が奮闘しているウエイトの値を指し示して確認し、

「ふっ」

と鼻で笑って姿を消した。

普段あまり他人を悪しざまに罵ったりすることのない新太郎だったが、今は頭の中にありとあらゆる悪態が渦巻いていた。あの男が自分を嘲笑するためにわざわざあんなことをしたのは、明らかだった。

筋肉男のテリトリーは隣にあるウエイトトレーニングスペースだった。鉄アレイの他、バーベルやベンチが並び、筋肉自慢の上級者たちがトレーニングをしている。

「俺の五キロはどこだ？」

不意に大きな声が響いた。見るとあの筋肉男がむっとした顔で周囲を見回している。

「誰が使ってる？　あれは俺のだぞ」

トレーニングスペースに利用者は彼の他に三人いたが、みんな何も言わなかった。

そこへインストラクターの男性がひとり通りかかった。たしか土井《どい》という名前だ。筋肉男はいきなり土井の胸倉を摑んだ。

「おい、俺の五キロはどこだ？」

土井はほっそりとした、華奢《きゃしゃ》にさえ見える体型の持ち主だった。おまけに寝不足なのか眼を真っ赤にしていて痛々しい。筋肉男に凄まれている姿は、まさに肉食獣に襲われたカモシカのようだ。帆布《はんぷ》製らしい手提げ袋を大事そうに抱えている。彼は何か言ったようだったが、声が小さすぎて新太郎の耳には聞こえなかった。

「聞こえん。ちゃんと話せ」

筋肉男は土井の体を揺さぶる。青ざめた顔の土井がさらに何か言った。

「なくなっただと？　なぜだ？」

「…………」

「わからんとはどういうことだ？　管理してないのか。まったく、どうしようもない奴だな。もういい！」

筋肉男が手を離すと、土井は何度も頭を下げてその場から逃げ去るように離れていった。

「なんだかねえ」

不意の呟きに振り返ると、もうひとりの男性インストラクターがやる瀬なげに首を振っていた。田並《たなみ》という、土井より年上で土井よりがっちりとした体型の男だ。

「島岡《しまおか》さんも、あんなに土井君を苛《いじ》めなくてもいいのに」

島岡というのが筋肉男の苗字らしい。

「いつもあんなふうですね」

新太郎は囁き声で言った。以前も島岡が土井に因縁《いんねん》を付けているのを見かけたことがあるのだ。

「島岡さん、筋肉至上主義だからね」

田並は皮肉っぽく言った。

「痩せっぽちや太った男を見ると怒りが込み上げてくるんだってさ」

なるほど、さっきあからさまに馬鹿にされたのは、そのせいだったのか。

「いい迷惑だなあ」

「まったくね。でも、土井君もなあ。ちょっと軟弱すぎるし」

たしかにインストラクターにしては線が細すぎるかもしれない。

「彼、マラソンのひとなんだよね、ほんとは」

「ああ、だったらわかります」

「でも実業団からは零《こぼ》れちゃって、こういう仕事してるらしいよ。ま、俺も似たようなもんだけど」

「何をやってらしたんですか」

「体操。国体には出たんだけどね、そこまでだった。ひとにはいろいろあるってことだよ」

「島岡さんにも？」

「ああ、あのひとにもね。たしか彼、ホストやってるって」

「ホスト、ですか……」

「イメージ違うでしょ。でも、ああいうマッチョなホストもアリみたいだよ。ジムでも彼に付きまとってる女性、いるでしょ」

そう言えば彼のまわりにはいつも女性がいた。今も中年の女性が話しかけている。そういうときの島岡の表情は、男に対しているときとはまるで違う。さすがはプロだ。

「夜にやってくるOLさんとかで、ずいぶんご執心なひともいるよ。普通ホストって言ったら、京堂さんみたいなのを言うんだろうけど……あ、もしかして、ほんとにそういうバイトやってたりして」

「いえいえ、僕は違います」

ときどき間違えられますけど、と心の中で追記する。

筋肉男島岡は不機嫌な顔ながら他の鉄アレイを手にトレーニングを始めた。

「そう言えば、鉄アレイはまだ見つかってないんですか」

「ああ、例のやつね。まだだよ」

田並は言った。

「盗まれたとか大騒ぎしてる連中もいるけど、どこかに紛失したんじゃないかなあ」

「でも、鉄アレイみたいに重いものが、そんなに簡単に——」

「だって、あんなもの盗んだってしょうがないでしょ。他になくなってるものもないんだしさ」

新太郎はその意見に対して、特に同意も反対もできなかった。代わりに訊いてみる。

「島岡さん、なくなった鉄アレイにかなり拘《こだわ》ってるみたいですね」

「鉄アレイだけじゃないよ。バーベルも自分のお気に入りを決めてて、それじゃないと気に入らないらしい。他のお客さんが使ってると無理矢理にでも奪っていくくらいだからね」

「それも迷惑な話ですね」

「トラブルになったときにはこっちも注意するけど、たいていは相手が島岡さんにビビっちゃって大人しく渡しちゃうね」

それでいいのだろうかと新太郎は思うが、やはり何も言わなかった。

ひととおりのマシントレーニングをこなした後、新太郎はクロスカントリーマシンに移った。文字どおりクロスカントリーの要領で手足を動かしてウォーキングをすることで体力を養うマシンだ。これを三十分。

マシンを動かしながら、ぼんやりと周囲を見ていた。ジムの利用者の半数以上は中高年の男女だった。平日の日中だから当然のことかもしれない。ウォーキングマシンでジョギングしながら汗をぬぐっているオジさん、手提げバッグに入っているペットボトルから水を飲みながらぼんやりとしているオバさん、のどかな雰囲気だ。バッグを持っているのはほとんどが女性で、男は手ぶらが多い。

ウエイトトレーニングスペースでは、相変わらず島岡が鍛えている。バーベルを持ち上げると肩の筋肉が小山のように盛り上がった。

筋肉至上主義か……新太郎は独りごちる。たしかにまあ、あれだけの筋肉を持ってたら自慢したくもなるかも。

隣のスタジオでエアロビクスをしていた一団が出てきた。土井がその流れに巻き込まれて右往左往している。

「痛いじゃない！　そんなもの持ってウロウロしないでよ！」

誰かが声をあげると、土井は平身低頭してその場を逃げ出した。

新太郎はその姿を見て、溜息を吐いてしまった。

そのとき、ジムの入り口のほうからふたりの人物が歩いてくるのが見えた。ひとりは五十歳過ぎくらい、もうひとりは三十歳前後。どちらも男だ。ふたりともスーツ姿なのが気になった。会社帰りでもないかぎり、スーツでジムにやってくる利用者はいない。

男たちは受付にやってきた。受付の女性に年上のほうが黒い手帳を差し出して見せる。馴染みのあるデザインの記章が輝いて見えた。

おやおや、と新太郎は思う。どうやら景子さんと同業のひとたちらしい。

待てよ。

新太郎はやってきたふたりの刑事の顔を凝視する。以前、妻に見せてもらった写真に写っていた顔と目の前の人物のそれが重なり合った。

同業どころか、景子さんの同僚だ。

「どうして……」

思わず呟いた。

2

物語は二時間ほど遡る。

愛知県警捜査一課の生田刑事と間宮警部補は名古屋市西区浄心《じょうしん》にある賃貸マンションの一室にいた。賃貸といってもそこそこ立派な作りの建物で、窓からは間近の名古屋城を眺めることもできる。

「家賃は月八万から九万といったところかな」

部屋を見回しながら生田が言った。

「悪くない暮らしぶりですね」

「悪かろうと悪くなかろうと、もう関係ないがや」

間宮は言う。

「死んでまったら、同じことだわ」

白を基調にした家具が並ぶ中、同じく白いムートンのカーペットに突っ伏すように倒れているのは、三十歳代半ばくらいの女性だった。淡いピンクのTシャツに赤いデニムパンツという格好で、ストレートの髪は長く、肩甲骨のあたりまで覆っていた。肌は白く手足の爪も丁寧にネイルケアしている。

先に到着していた西警察署の今村《いまむら》という刑事が報告する。

「仏さんは遠山千恵美《とおやまちえみ》三十四歳。この部屋の住人です。中区の豊島不動産に勤めるＯＬで、昨日までは何の問題もなく出勤して仕事をしていたようです。今日は無断欠勤していたので、様子を見にきた同僚によって遺体が発見されました。ドアに鍵は掛かっていませんでした」

「独り暮らしかね？」

間宮が訊いた。

「はい、故郷は岐阜県高山市で、大学卒業後に名古屋に出てきたそうです。もちろん独身で」

「死因は？」

「後頭部に鈍器のようなもので強く殴打された痕があります」

「転んで頭を打ったってことはないかなあ……？」

生田が呟くように言った。と、不意に眼が覚めたかのような表情で周囲を見回す。

「びくびくするな。景ちゃんはおらんぞ」

間宮が揶揄《やゆ》するように言った。

「……あ、そうでしたね」

生田は自分の頭を叩いてみせた。もしもこの場に京堂景子警部補がいたら、憶測でものを言ったとたん氷のような視線に心臓を貫かれていたはずだ。

「京堂さん、現場に行けないんで今頃かなりカリカリきてるだろうな。今やってるのって、そんな大事な会議なんですか」

「わからんわ。県警の偉いさんがぎょうさん集まっとるみたいだで、それなりに重要な話があるんだろうけどな」

　今日の現場の指揮を取っているのは間宮だった。彼は今村に訊いた。

「死亡推定時刻はわかっとるのかね？」

「おおよそですが、昨日の午後十時から翌午前三時の間と見られます」

「周辺の聞き込みは？」

「右隣の住人は仕事に出かけてしまっているので、連絡が取れません。左隣のほうには話が聞けましたが、特に気の付いたことはなかったと言ってます。いつ帰ってきたかもわからなかったそうで。付き合いも全然なかったらしいですね」

「そうか……」

　頷きながら間宮は部屋を見回した。

「……あれは？」

　彼が指差したのは部屋の隅に置いてある鉄製の物体だった。ふたつの球体が棒状のもので繋がっている。

「あれはバーベル、いや、鉄アレイですよ」

「鉄アレイ？　女の部屋にか」

「最近は女性でもフィットネスとかやってますからね」

今村が件《くだん》の物体を持ってきた。鉄球の部分に「２kg」と刻印が打たれている。

「これくらいなら女でも持てるか」

間宮は遺体に眼をやる。たしかに肩のあたりや腕の筋肉は発達していたようだ。

「もしかして、これが凶器とか？」

生田が言うと、今村は首を振った。

「すでに調べてますが、血痕などが付いていないので違うだろうと……あ、もちろんこれも持っていって詳しく調べますけど」

慌てて言い直したのは、京堂班のシビアさが彼の耳にも伝わっているからだろう。

「そ、そういえばこの仏さん、ずいぶんと体を鍛えてたみたいですね。財布を調べたらフィットネスジムの会員券が入ってましたよ」

「ジム？　どこの？」

「えっとですね、ちょっと待ってくださいよ」

今村はポリ袋に入ったカードを持ってくる。鮮やかな緑色で表に被害者遠山千恵美の顔写真が貼られていた。裏にはジムの名前と住所が印刷されている。

「そうそう、このカードと一緒に気になるものが財布のカード入れに入ってましたよ」

そう言って今村が取り出したのは、やはりビニール袋に入れられた小さな写真だった。写っているのは一組の男女だ。右側に立っているのが千恵美だった。水色のTシャツを着ている。彼女が寄り添っているのはライオンの鬣《たてがみ》のような髪の男だ。豹柄のタンクトップから見えている肩や腕は相当鍛えているらしく、盛り上がっていた。それほど二枚目には見えないが、日焼けした肌といい胸板の厚さといい、セックスアピールは充分にある。

「この男は？」

「まだわかりません。コピーして調べてみるつもりです」

間宮の横から写真を覗き込んだ生田が、言った。

「これ、ジムで写したんじゃないですかね」

「どうしてわかる？」

「ほら、後ろに写ってるの、筋トレマシンですよ」

「キントレ？」

「筋肉トレーニングです。これは上腕筋を鍛えるマシンじゃないかな」

「詳しいな」

「ちょっとだけ通ったことがあるもんで」

間宮は写真をじっと見つめ、それから言った。

「調べてみるか、このジムとかいうのを」

3

景子の同僚刑事ふたりは蜂谷に何かを見せていた。小さな紙切れ、あるいは写真だろうか。どうやら仕事でここに来たらしい。

新太郎はマシンに乗ったまま考えた。挨拶しておくべきだろうか。いつも妻がお世話になっております、とか。

いや、やめておこう、と彼は思い直す。警察の人間には新太郎の面は割れていない。わざわざ教える必要もないだろう。それに景子は県警で「鉄女」「氷の女」「カミソリ女」という強面《こわもて》な綽名で呼ばれている。そのイメージを崩してはいけない。

応対していた蜂谷がジムの奥を指差す。刑事たちはこちらにやってきた。そのまま入ってこようとするのを田並に止められ、慌てて靴を脱ぐ。このエリアは土足厳禁なのだ。

刑事たちは新太郎の前を通った。間近で見て景子の同僚であることをあらためて確認する。たしか年嵩のほうが間宮、若いほうが生田という名前だった。新太郎以外の利用者は彼らのことを気にする様子もない。

　ふたりはウエイトトレーニングスペースに向かった。そして島岡に声をかけた。島岡は持っていた鉄アレイを置いて立ち上がる。筋骨隆々の体に生田がたじろいでいるように見えた。しかし間宮が黒い手帳を提示すると、今度は島岡の表情が変わった。

　新太郎のいるところからは彼らの会話は聞こえない。気にはなるが、まさか近付いていくわけにもいかない。新太郎はマシンを動かしながら、彼らのほうをずっと見ていた。

「遠山さんのことですって」

　不意に声をかけられ、危うくステップから足を踏み外しそうになった。

「え？　え？　え？　なに？」

　振り返ると蜂谷が新太郎を見つめていた。

「だから遠山さんのことを訊きにきたんですよ。あのひとたち、刑事さんなんです」

　好奇心に満ちた囁き声で、蜂谷は言った。

「刑事さん？　へ、へえ……でも、遠山さんって誰？」

「ここのお客さんですよ。いつも夜七時くらいから来てるひとですけど」

「その時間に来たことないから、僕は知らないひとですね。それで遠山さんってひとが、どうかしたんですか」

「わかりません。あのひとたち遠山さんがここの利用者だってことを確認して、それから写真を見せただけなんです」

「写真？」

「遠山さんと島岡さんが写ってる写真。前にここで写メ撮ってたから、それをプリントしたんでしょうね」

「島岡さんと遠山さんは、どういう関係？」

「よくわかんないけど、島岡さんの仕事が休みで夜にもこのジムに来てるときには、遠山さんがべったりくっついてたりしてましたよ。なんか、訳ありって感じ」

「訳あり、ねえ……」

捜査一課が動いているということは、重大な事件が起きたということだろう。もしかしたら遠山という女性は死んだ、いや、殺されたのかもしれない。

「景子さんに訊いてみるかな……」

「え？」

「あ、いや、何でもないです」

新太郎は首を振った。別に景子から意見を求められているわけでもないのだから、事件に首を突っ込む必要はない。

「知らねえよ！」

いきなり怒気を帯びた声が響いた。島岡のものだ。ジム内の人々の眼が、彼に集まった。田並も土井も、彼のことを訝しそうにを見ている。

「俺、何にも知らねえって！」

威嚇《いかく》するように腕を振りながら、刑事たちに向かって声をあげる。が、すぐに多くの眼が自分に集中していることに気付いたのか、口を噤んだ。

間宮は落ち着いた表情で島岡に話しかける。さすがは場馴れした刑事だ。威嚇に動じる様子もない。生田のほうはいささか気後れしているようだが。

ウエイトトレーニングスペースにいた他の利用者たちは、そそくさと逃げ出していた。土井だけが様子を伺うように近付き、利用者がタオルや手提げバッグを置いている長椅子に腰を下ろす。が、島岡に睨まれると、あたふたと逃げていった。

さらに数分ほど刑事たちは質問を続けた。島岡は不機嫌な顔で応じている。さすがに拒絶することはできないようだ。それ以後は静かに話をしていた。

やがて刑事たちが軽く頭を下げ、島岡から離れる。それとほぼ同時に新太郎が乗っていたクロスカントリーマシンも設定時間が終了した。

マシンから降り、もう一度ストレッチをして自分用のカルテに今日のデータを書き込んだ後、ロッカールームに向かう。今日のトレーニングは終了だ。

刑事たちは受付裏の従業員控室に入っていった。まだ何か調べることがあるらしい。

ロッカールームにはシャワー室が隣接している。新太郎はトレーニングウェアを脱ぎ、汗を流した。髪を洗いながら、先程の刑事たちのこと、島岡のこと、その他のことを考えていた。

髪をドライヤーで乾かしてからロッカールームに戻ると、入り口のところで土井と鉢合わせした。

「あ……ど、どうも」

土井はしどろもどろな口調で頭を下げる。手にしていた手提げ袋はひらひらと揺れた。

新太郎は思い切って訊いてみた。

「あの刑事さんたち、島岡さんに何を訊いてたんですか」

「さ、さあ……よくわからないです」

おどおどとした様子で土井は答える。

「近付いて話を聞いてたんじゃないんですか」

「い、いえ……そうしようとしたら、島岡さんに睨まれちゃって……。ちょっと、仕事がありますんで」

言い訳めいた口調で言うと、土井は新太郎の横をすり抜けてロッカールームを出ていった。

新太郎はその後ろ姿を見送りながら、しばらく考え込む。自分のロッカーを開けると、バッグの中からケータイを取り出した。アドレス帳を開き「景子さん」と表示された電話番号を呼び出す。

そのまま、しばらく動かなかった。

「……どうするかなあ……知らせるべきなのかなあ……」

ケータイを見つめながら、呟く。

そのとき、ロッカールームのドアが荒々しく開かれた。入ってきたのは島岡だ。険しい表情をしている。

「くそっ、どこだ？」

大きな体を揺すりながら、彼はあたりを見回した。その視線が新太郎に定まる。新太郎は胃のあたりをいきなり摑まれたような感覚に襲われた。

「おい、見なかったか」

島岡が問い質してきた。

「……は？」

「見なかったかと聞いてるんだ」

「何を、ですか」

「キーだ。ロッカーのキー。どこかに落ちてなかったか」

「キー……さあ……」

新太郎の間の抜けた返答が気に入らなかったのか、島岡の頬に朱が差す。どうやら気短な性格らしい。しかしそれ以上は何も言わず、彼はルーム内をあちこち探しはじめた。

「あなたの使っているロッカーのキーがないんですか」

思い切って訊いてみる。返事はない。

「さっき、タオルと一緒に持っているのを見かけましたよ。だから落としたとしても、ここにはないと思いますけど」

島岡は顔を上げた。

「向こうにないんだから、しかたないだろうが!」

まるでなくなったのが新太郎の責任であるかのような口調だ。

「でも、間違いないですよ」

新太郎が重ねて言うと、島岡は彼の前に立った。体格の違いをまざまざと思い知らされる。

「本当だな? 間違ってたら、ただじゃおかないぞ」

そう脅し文句を投げつけて、島岡はロッカールームから出ていった。

「……やれやれ、どうして僕が脅されなきゃならないんだよ」

新太郎は思わず独りごちた。が、すぐにその表情が引き締まる。

「待てよ……」

しばし沈思黙考。やがて顔を上げた。

「……まさか……でも、考えられるよな……」

再びケータイを取り出す。が、すぐに戻した。

「悠長なことはやってられないか……まだあのひとたち、いるかな……」

新太郎はロッカールームを飛び出した。

4

「どう見ます？」

従業員控室の椅子に腰掛けた生田が、間宮に問いかけた。

「島岡のことか」

「ええ、なんかクロっぽいですよね」

「そういう曖昧な思い込みをすると、景ちゃんにまた怒られるぞ」

「京堂さんの前じゃ言いませんよ。でも、そんな気がするんだよなあ。あの男、あんまり心証がよくないです」

千恵美と一緒に写っている写真を見せると、島岡は彼女と知り合いであることだけは認めたのだった。

「でも誤解されちゃ困るな。俺と彼女はそれだけの関係ですよ」

自慢げに筋肉をひくひくと動かしながら、島岡は言った。

「客でもなかったと？　あんたの店にも来とらんかったのかね？」

これは間宮のかましたブラフだった。

「店に問い合わせれば、すぐにわかることだがね」

島岡は狼狽の色を浮かべる。

「……来てましたよ。でもそれだけです。客とホスト、それだけの関係ですって」

「どっちが先だったのかね？　このジムで知り合いになるのと、千恵美さんがあんたの店にやってくるのとでは」

「ジムのほうが先です。こっちで顔見知りになって、よかったら店にも来てくれって言ったんです」

「なるほど。で、彼女はあんたを指名してくれたんかね？　ほら、太客《ふときゃく》だったか、ホストのためにどんどん金を使ってくれる客のことを言うんだったかな。そういう客だったのかね？」

「彼女は太客なんかじゃなかったですよ。かなり細いです。普通のＯＬさんで金もなかったですからね。正直、俺にとってはワン・オブ・ゼムって感じで」

「英語を言われてもわからんて。じゃあ、向こうのほうがあんたにご執心だったのかね？」

「どうでしょうね。まあ、気に入っていただけてたとは思いますけど」

「なるほど。互いの気持ちにはズレがあったということだな」

「どういう意味ですか」

島岡の表情が険悪になった。

「客とホストとの間にトラブルが起きるとしたら、そういうことだわな」

「知らねえよ！」

島岡は急に怒鳴りはじめた。

「俺、何にも知らねえって！」

「まあまあ、いきり立たんでもええわ」

間宮は宥《なだ》めるように言った。

「別にあんたを疑っとるわけじゃないでね。誤解しんといてくれな」

その後も質問を続けたが、島岡の不機嫌はなかなか治まらなかった。その後、この従業員控室にやってきたのだった。

「まあ、わしの心証もそんなによくはないけどよ」

と間宮は言った。

「でも、すぐに島岡を犯人と決めつけることもできんて。じっくり調べんとな」

そのとき、村川《むらかわ》という名のジムの責任者が戻ってきた。

「お待たせしました。こちらが遠山千恵美さんの会員データとトレーニングカルテです」

会員データには顔写真と入会した日時、入会の目的やトレーニング目標が書かれている。カルテのほうは毎回のトレーニング終了時にその日行ったことを記入するようになっていた。

「千恵美さんは昨日もここに来とったんだな」

カルテの日付を見て間宮は言った。村川はカルテを覗き込む。

「そのようですね。一応来訪データのほうも確認してみましたが、昨日の午後七時からジム終了の十時までいらしていたようです」

「随分と熱心だな。昨日は島岡さんは来とったんかね?」

「いらしてますが、午前中だけですね。お昼にはお帰りになっています」

「じゃあ、昨日は会えんかったのか」

島岡の証言では、昨日は午後六時から午前一時までホストクラブに出ていたという。

「ホストクラブが終わった後で遠山千恵美と会って殺した可能性もありますね」

生田が言うと、村川は顔色を変えた。

「島岡さんが犯人なんですか」

「いやいや、そういうことではないんだわ。おい生田。滅多なことを言ったらかん。景ちゃんがこの場におったら今頃……」

「わわわ、すみませんすみません」

生田は平身低頭する。

そのとき、

「あの……警察のかた、まだいらっしゃいますか」

若い男が覗き込んでいる。

「ちょっとお話ししたいことがあるんですけど」

「わしらに？　あんた、このジムのひと？」

間宮は立ち上がると、その若者を見つめた。二十歳代前半くらいだろうか、すらりとしたなかなかの男前だ。島岡よりホストとしてふさわしいようにも見える。

「違います。ジムを利用している者です。ちょっと緊急の用件なんですけど」

「どんなことかな？」

「一緒に調べてもらいたいことがあるんです。できれば大急ぎで。でないと証拠がなくなってしまうかもしれません」

「証拠？」

「ええ、刑事さんたちが追いかけてる事件の証拠です、たぶん」

間宮と生田の顔色が変わった。

「あんた、わしらがどんな事件を追いかけとるか知っとるのかね？」

「詳しくは知らないけど、なんとなく想像が……いや、そんなことを説明している暇はないんです。お願いします、すぐ来てください」

「……わかった」

間宮の判断は早かった。立ち上がると生田を連れ、若者と一緒に控室を出た。

若者はまわりをきょろきょろと見回す。

「あ、いた。こっちです」

走り出した彼の後を、わけもわからず付いていった。

「あの、土井さん」

ロッカールームの前で、若者はジムのインストラクターのひとりに声をかけた。

「あ、はい。なんでしょうか」

唐突に声をかけられたインストラクターは、少々驚いているようだ。若者は彼に言った。

「鍵、まだ持ってます？」

「え？　鍵って？」

「島岡さんのロッカーの鍵です。さっき島岡さんがこのひとたちと話してるとき、島岡さんがタオルを置いてた長椅子に座りましたよね。あのとき、タオルと一緒に置いてあった鍵を取ったでしょ？」

「ぼ、僕は……」

土井と呼ばれたインストラクターは、あからさまにうろたえていた。無意識かどうかパンツのポケットに手を入れる。

金属的な音が響いた。ポケットから何か落ちたのだ。

「あ！」

慌てて土井が拾おうとする。しかしそれより早く若者がそれを拾った。

「これ、これですよ。まだ持ってたんですね。間に合った」

「この鍵がどうかしたんかね？」

間宮が訊く。

「島岡さんが失くしたと騒いでたロッカーの鍵です。僕の想像どおり、このひとが盗んでました」

「ロッカー荒らしかね？　何を盗った？」

「いえ、逆だと思います。入れたんです」

「入れた？」

「島岡さんも一緒に確認してもらったほうがいいでしょう」

生田が島岡を呼んできた。

「おお、俺の鍵だ。どこにあった？」

「それを説明する前に、調べたいことがあります。一緒に来てください」

若者はふたりの刑事と彼らに挟まれた土井、そして島岡を引き連れてロッカールームに入った。そしてキーと同じ番号のロッカーを開けた。

「ここ、島岡さんの使ってるロッカーで間違いないですよね？　このバッグも島岡さんのですか」

「ああ、そうだ」

「刑事さん、バッグの中を確認してください。あ、指紋に気を付けてね」

「おまえさん、妙に詳しいな」

間宮は手袋をしてバッグを開ける。

「たいしたものは入っとらんぞ。着替えと財布と鉄アレイくらいしか――」

「鉄アレイだと⁉　どうしてそんなものが？」

島岡が覗き込もうとするより早く、間宮はそれを取り出した。５kgの刻印がされた鉄アレイだった。

「これ、ジムの備品で昨日から見つからなくなっていたものに間違いないと思います」

若者が言う。

「俺は知らんぞ！　こんなものは知らん！」

島岡が叫ぶ。

「そうでしょうね。これは島岡さんが入れたんじゃない。その証拠に、この鉄アレイに島岡さんの指紋は付いてないと思います。ここに入れたひとがきれいに拭いてるはずですから。でも、この部分だけは拭わなかったみたいですね」

若者は鉄球の部分を指差した。赤黒い染みが残っている。

「血か……」

間宮が呟く。若者は頷いた。

「恐らく、そうでしょう。遠山千恵美ってひとは、殴られて殺されたんですか」

「ああ、そのとおりだ」

「じゃあ、これが凶器ですね」

若者は言った。

「そして犯人は土井さん、あなたですね？」

土井はその場に崩れ落ちた。

5

「何と言うか……わしら形無しだわな」

間宮が感慨深げに言った。

「そうですねえ。ど素人に出し抜かれちゃったんですもんねえ」

生田も肩を竦めた。

土井はその場であっさりと自分の犯行を認めたのだった。

「殺す気なんてなかったんです。本当にです。信じてください。ただ島岡さんに嫌がらせをしたかった。それだけなのに……」

以下、彼の供述によるとこのような経緯だったらしい。

昨日、土井はジムが終わるときにこっそり五キロの鉄アレイを盗み出した。それが島岡のお気に入りであることを承知の上での〝犯行〟だった。目的はただ、彼を困らせるためだった。いつも苛められ、恨みを持っていたのだという。

　そのまま家に持って帰るつもりだった。しかしジムを出たところで遠山千恵美に声をかけられた。このまま帰るつもりなら、近くの居酒屋で飲んでいかないかと誘われたのだ。彼女のことを憎からず思っていた土井は、その誘いに喜んで乗った。

　居酒屋では午前一時過ぎまで飲みつづけた。ふたりとも泥酔し、土井は終電を逃してしまった。すると千恵美は自分のマンションに泊まっていけばいいと言いだした。土井にとっては渡りに舟、どころの騒ぎではなかった。これは間違いなく誘われているのだと思った。

　マンションに入ると、早速土井は事に及ぼうとした。しかしそこで千恵美に激しく拒絶された。そんなつもりで部屋に入れたんじゃない。何を勘違いしてるの。わたしがあんたなんかにさせると思う？　わたしが好きなのは島岡君みたいにマッチョな男なの。あんたみたいなヒョロヒョロのモヤシ男なんてキモいだけよ、などとあらんかぎりの罵詈雑言《ばりぞうごん》を浴びせられることとなった。屈辱と怒りと恥ずかしさと酔いで土井は何がなんだかわからなくなった
……というのが彼の主張だ。

「気が付くと目の前に彼女が倒れてて、僕は……あの鉄アレイを持って立ってました……」

　土井は凶器を持ったまま逃げ出した。そのまま街を放浪し、今日は一睡もしないままジム

に出勤した。凶器となった鉄アレイはそのままジムに戻すつもりだった。しかしそれより早く鉄アレイの紛失が知られてしまい、返すに返せなくなった。土井は鉄アレイを手提げ袋に入れたまま立ち往生することとなった。

「そうしているうちに警察のひとまでやってきて、どうしようもなくなったんです。自棄《やけ》になって、こうなったら島岡さんに罪を被せてやろうと考えました。もともと島岡さんのせいでこうなったんですから」

島岡が間宮たちに話を聞かれているうちにキーを盗み出し、彼のバッグに鉄アレイを放り込んだ。自分の指紋は拭き取ったが、凶器であることがわかるように血糊《ちのり》が付いているところはあえてそのままにしておいた。

「で、それをあの若造に気付かれてしまったというわけか。それにしてもあいつ、鋭かったな」

「まるで京堂さんみたいですよね。どうして気が付いたんだって訊いたら『今日、土井さんが持ち歩いてた手提げ袋、最初は何か硬くて重いものが入ってたみたいなのに、ロッカールームで会ったときには何も入っていなかったから』だって。かなり飛躍した発想ですよね」

「ま、その発想に助けられたんだがな」

「ですよねえ……ねえ間宮さん、このこと京堂さんに知らせますか」

「民間人に助けられたことか」

「ええ」

間宮はしばらく考えた後、首を振った。

「やめとこう。わしらの沽券《こけん》にかかわる」

「そうですよねえ……あ、そういえばあの民間人の名前、聞きました？」

「いや、聞かんかった。もうええて。あの若者のことは忘れよう」

6

「ほんとにもう、今日は最悪」

帰ってきた景子はいささか不機嫌だった。

「つまんない会議にずっと付き合わされてさ、結局現場に行けずじまい。しかもよ、あたしの出番もなく事件解決なんだもの。いやになっちゃうわよ」

「いいじゃない。事件が解決したならさ」

キッチンでスペアリブの香味揚げを作りながら、新太郎は言った。

「きっと、そんなに難しい事件じゃなかったんだよ。犯人がパニクったせいでわけのわかんないことになっちゃっただけでさ」

「どうしてそんなこと、わかるのよ？」

「え？　あ、いや……なんとなく、そんな気がしただけ」

新太郎は言葉を濁した。今日のことは景子には知らせないことにしようと決めていたのだ。あれはふたりの刑事の手柄ということにしておけばいい。

「さて、できたよ」

出来上がった料理をテーブルに並べる。春雨スープ、ワカメとネギの酢醤油和え、そしてスペアリブ。途端に景子の機嫌がよくなった。

「わお、美味しそうっ！　いっただきまーす」

湯気の向こうに妻の笑顔がある。新太郎にはそれだけで充分だった。

解　説

西澤保彦

太田忠司の魅力を敢えてひとことで表すとすればそれは〈誠実さ〉だろうか。といっても人格的な意味合いではない。もちろんご本人もまことに温厚にして謙虚、誠実そのもののお人柄だが、わたしがここで言おうとしているのは〈作家としての誠実さ〉、より厳密に定義するならば〈エンタテイナーとしての誠実さ〉である。〈太田忠司〉という名前が読者にとって安心と実績の一大ブランドであると換言してもよい。

本格ミステリ作家クラブ創立十周年企画本『ミステリ作家の自分でガイド』（原書房）で太田忠司は自著の紹介をこんなふうに始めている。

デビュー当時、作家の経営方針として「出版社ごとにシリーズを立ち上げる」ことにしました。たくさんシリーズを作っておけば、どれか生き残ってくれるかもしれないと期待したのです。

太田はまたこうした方針が営業的な戦略のみならず趣味に走った面があるとも書いているが、そればかりではないのではないか。世の読者の趣味や興味は多種多様であり、全員を満足させるのは到底不可能だとしても、己れの技量の及ぶ限りさまざまなタイプの作品を試してみることでより幅広い層に自分の世界を楽しんでもらいたい——といった情熱的なサービス精神の顕れなのではあるまいか。わたしはそんなふうに考える。これすなわち〈エンタテインメント系作家の誠実さ〉に他ならない。太田忠司の膨大な点数の他の著作群に関しては前掲の自作ガイドや各評論、各文庫解説などにお任せするとして、ここでは本書『もっとミステリなふたり』に的を絞ってその〈誠実さ〉をより深く掘り下げてみたい。

本書はアームチェア・ディテクティヴ連作集『ミステリなふたり』(幻冬舎文庫)の続編として二〇〇八年に刊行された〈京堂夫妻シリーズ〉の(二〇一一年現在での)最新作である。刑事である妻が捜査中の事件を、イラストレーターで主夫の夫が彼女から話を聞いただけで解決する——という典型的な安楽椅子探偵ものだが、職務中は「鉄の女」と恐れられる妻・景子の、家庭での夫・新太郎に対するでれでれ甘えっぷりに、いわゆるギャップ萌え炸裂のキャラクター小説としての魅力も兼ね備えている。アームチェア・ディテクティヴものとは謎のデータ提供とロジックによるその解明を肝に往々にして極限まで贅肉を削ぎ落とす「純粋な謎とき小説」（都筑道夫）の体裁をとるため、とかく物語として無味乾燥に陥りやすいのだが、そこはサービス精神豊かな太田忠司のこと、わたしのようにドM体質で「ああ景子さまあ、踏んでふんで」と身悶えるマニアへの気配りも抜かりない。

たしかにわたしは鉄の女マニア（そんな言葉があるかどうかはさておき）で、〈京堂夫妻シリーズ〉に関しては八〇デニールの黒タイツをお穿きになった景子さま（注・実際にはそんな描写はないので念のため）のおみ足でぐりぐりうりうり踏まれているところを脳内変換妄想するだけでもう大満足なのだが、いやいやいや、真面目な話、決してそればかりではありませぬ。わたしはこうした安楽椅子探偵形式の純粋な謎解き小説、いわゆるパズラーのマニアでもありまして、しかもかなりウルサイほうだと自負している。そういうマニアックな読み込みをするタイプの読者に対しても太田忠司の〈誠実さ〉が如何《いか》に抜かりなく発揮されているのかを、本書に収録されている「出勤当時の服装は？」を例にとって具体的に検証してみよう。

社内で石部金吉と綽名がつくほど堅物のサラリーマンが扼殺される。生前の被害者にはその手の趣味があった様子はまったく窺えないにもかかわらず発見された遺体は女装姿だった。その謎が事件のポイントとなるわけだが、ミステリを読み慣れた読者ならばオープニングで、はてと首を傾げるだろう。犬の散歩中に遺体を発見したのは垣内という定年退職をしたばかりの、事件とは一見無関係そうな男なのだが、彼はどうやら妻と離婚の危機を迎えているらしい。そしてそのことで義姉を逆恨みする心情などが妙に長々と描写されるのである。これは……む、そうか。わたしは思わず膝を打ちましたね。

わたし自身、ミステリのようなものを書いて生計をたてていて、その経験から言わせてもらえば、これだけ内面描写がある以上、垣内がこのまま退場してフェードアウトするようないわゆる棄てキャラだとは到底考えられない。必ず後で再登場するはずだ。しかも本筋とかなり密接するかたちで。となるとそれは次の三つのパターンのうちのいずれかだろう。

①実は垣内が真犯人
②垣内は犯人ではないが、遺体を発見した際、なんらかの個人的事情により例えば重要証拠を持ち去るなどして現場の状況を変え、事件を複雑化させてしまうという役割
③たまたま第三者として遺体の発見者となった垣内だが、実は犯行以前に本人の与り知らぬところで犯人もしくは被害者の言動に影響を及ぼし、自覚のないまま事件の遠因をつ

くっていた

熟考の末、多分③のパターンであろうとわたしは確信した。叙述的な工夫次第では①と②もやってやれないことはないが、熟読した限りでは強行した場合、かなりアンフェア感が残りそうだ。それになにしろ同じ二〇〇八年に『奇談募集家』（東京創元社）という年季の入ったマニアもぶっ飛ぶ超絶的連作パズラー集を刊行したばかりだった太田忠司である。そんな小手先の工夫には逃げず、いちばん難易度の高い③で勝負するはず――と、そんなふうにわたしは予想したのです。

が。

本書を読了した方々はすでにご存じでしょう、はい、この予想は見事に外れました。たしかに垣内は最後で再登場したのですが、それは①でも②でも、そして③でもなく、まったく思いもよらぬかたちで。

え。え？　そ、そうか、こう来るか……驚いた。いや、びっくりしました。といっても慌ててお断りしておかなければならないが、その驚きは本格ミステリ的な大どんでん返しの類いではない。むしろ全然ミステリ的ではないというか、物語の畳み方としては王道中の王道というか。ともかくお読みいただくしかないのだが、わたしが本シリーズ中、いちばん驚嘆した短篇がこの「出勤当時の服装は？」であることはたしかだ。す、すごいな、太田さん、一般読者へ提供する面白さをきっちり確保した上で、なおかつこんなふうにマニアの裏もかいてしまうとは、と。

いや、いやいやいや、ちょっと待て——そうおっしゃる向きも当然あるだろう。太田忠司は単にいちばんすっきりするかたちで作品の結構をととのえただけで、それに過剰に仰天したのはオマエが勝手に深読みしていたからに過ぎないじゃないか、と。はい、もちろんその通りです。

しかしよく考えてみていただきたい。女装姿の遺体の謎とその解明は、その単体だけで充分に面白い。垣内夫妻のエピソードがなくても成立する。が、仮に垣内夫妻が登場していなかったとしたら、同短篇がわたしにこれほど強烈で深い読後感をもたらさなかったであろうこともまたたしかだ。

太田忠司本人には例えば、マニアックな読者はこう読んでくるだろうからいっちょその裏をかいてやれ、といった意図はなかったかもしれない。が、垣内夫妻のエピソードが挿入されたのは、彼が読者に対して常に〈誠実なエンタテイナー〉であろうとし続ける過程があってこそ生まれ得た成果のひとつだと思うのだ。

特定のファンへ向けたジャンル的なこだわりはしっかり保持した上でなおかつ不特定多数

の読者に対する最大公約数的な面白さをも追究し続ける〈太田忠司〉、それはわたしにとって日本のエンタテインメント小説界ではもっとも安心と信頼のできる一大ブランドなのである。

（文中一部敬称略）

――ミステリ作家

この作品は二〇〇八年七月小社より刊行された『誰が疑問符を付けたか？』を改題したものです。

もっとミステリなふたり

誰《だれ》が疑問符《ぎもんふ》を付《つ》けたか?

太田忠司《おおたただし》

平成23年10月15日　初版発行
平成23年10月31日　2版発行

発行人――石原正康
編集人――永島賞二
発行所――株式会社幻冬舎
〒151-0051東京都渋谷区千駄ヶ谷4-9-7
電話　03(5411)6222(営業)
　　　03(5411)6211(編集)
　　　振替00120-8-767643
印刷・製本―図書印刷株式会社
装丁者――高橋雅之

幻冬舎文庫

ISBN978-4-344-41740-3　C0193　　お-5-4